AKAMATSU
& SEVEN
Story: SHOOWA
Art: Hiromasa Okujima
2

CHARAKTERE

Seven Kanzaki

Hauste zuerst im Park, kam danach aber bei Akamatsu unter. Hilft ihm gern mit seiner Familie und steht ihm bei. Wird von irgendwem verfolgt und ist ein rätselhafter Typ.

Aisuke Akamatsu

Draufgänger, der versucht, seinen sexuellen Frust mit Kämpfen loszuwerden. Fühlte sich bei seiner Familie nicht wohl und lebt seitdem in seiner eigenen Wohnung. Ist schwul.

AKAMATSU & SEVEN

WAS BISHER GESCHAH

Tag für Tag zettelt Akamatsu mit dem im Park hausenden, mysteriösen Seven Streit an, bis dieser plötzlich seinen Unterschlupf verliert. Akamatsu lädt Seven zu sich ein und ab da beginnt ihre gemeinsame häusliche Odyssee. Eines Tages erfährt Seven, dass Akamatsu schwul ist und nicht mehr bei seinen Eltern wohnt, weil er sich dort unwohl fühlte. Als er auf Sevens Rat hin das Gespräch mit seiner Familie sucht, verbessert sich zwar das Verhältnis zu seinem Vater, aber wieder bei den Eltern einzuziehen, das kann sich Akamatsu trotzdem nicht vorstellen. Für ihn steht fest, dass er mit Seven zusammenwohnen möchte und der kommt ihm schon bald unerwartet nahe …

INHALT

STORY: SHOOWA

ART: Hiromasa Okujima

Kapitel 6
Akamatsu & Seven

KLACK
OH.
OH.
SCHWUPP
AH.
AH.
SCHWUPP

...
ICH GEH ZUR ARBEIT.
OKAY.
BIS DANN!
RESTAURANT
IZAKAYA WAII-HA
URGH, WIE PEINLICH.
SEIT DER SACHE NEULICH IST ES SO VERKRAMPFT ZWISCHEN UNS.
EIGENTLICH SOLLTE ALLES PALETTI SEIN, ABER DANN IST ES DOCH WIEDER SO KOMISCH.

WARUM IST MIR DAS AUF EINMAL SO PEINLICH?
NEULICH HAT ER MIR AN DEN SCHWANZ GEFASST UND NICHT MAL DA WAR ES SO …
FSSSH
KEINE AHNUNG, WAS LOS IST, ABER WIR MÜSSEN DAS JETZT IRGENDWIE AUF DIE KETTE KRIEGEN FÜR DREI MONATE.
WAR JA SO ABGE-MACHT.
BATAMM
WSH WSH
WARUM VERGESSEN WIR DAS NICHT EINFACH?
URGH, ICH WEISS ES DOCH AUCH NICHT.
FPP FPP
ICH MACH MIR NUR WIEDER ZU VIELE GEDANKEN!
SHPP SHPP
DU GIBST HEUTE JA ECHT ALLES, OBWOHL KAUM WAS LOS IST
Realitätsflucht
FWI FWI
RATTER RATTER
OH, WILLKOMMEN!
FÜR ZWEI, BITTE.
ALOHA!
HEREIN-SPAZIERT!
Go To HAWAII

ICH MACH DANN MAL FEIERABEND!
ALLES KLAR! DANKE FÜR DIE GUTE ARBEIT!
ES WÄRE JA ...
RESTAURAN
OH.
... BEINAHE WAS GELAUFEN, ABER DANN PLATZTE MEIN BRUDER REIN.
BIN ZURÜCK.
UND DAS STEHT SEITDEM UNAUS-GESPROCHEN ZWISCHEN UNS, ABER ICH KANN'S EINFACH NICHT THEMATISIEREN.
ACH STIMMT ... AB HEUTE ARBEITET ER JA AUCH NACHTS.

FSSSH
NA JA ...
DANN KANN ICH IHM WENIGSTENS ABENDS AUS DEM WEG GEHEN.

BÄCKEREI
PAN!
FRISCHES BROT
DAS SÜSSE BROT IST FRISCH AUS DEM OFEN!
KANZAKI, DU KANNST PAUSE MACHEN.
OKAY!
KRK
PUH!
ZWEI JOBS HINTER-EINANDER, DAS IST ECHT HART.
WIRD 'NE WEILE DAUERN, BIS ICH MICH DARAN GEWÖHNT HABE.
RBB RBB
HEUTE BRINGT ER WIEDER ESSEN MIT. WAS ES WOHL ALS BEILAGE GIBT?
Akamatsu-Update
UM SEINER BERUFSTÄTIGEN MUTTER UNTER DIE ARME ZU GREIFEN, LÄSST SICH AKAMATSU NUN IMMER MITTWOCHS BEI SEINER FAMILIE BLICKEN.

GELESEN 10:53
WAS GIBT'S HEUTE?
AKAMATSU
FRITTIERTEN TOFU, LACHS UND YAKISOBA
10:53
10:53
GELESEN 10:54
HAT SIE FÜR DEN TOFU AUCH GERIEBENEN RETTICH GEMACHT?
AKAMATSU
REIB DIR SELBER WELCHEN!
10:54
HM.
PLONK

ZZZZZ
HFT
HFT
Nutz wenigstens ´ne Schlafmaske, wenn du pennst.
Dann kann ich das Licht anmachen.
WILL DICH DOCH NICHT VOR DEINER NACHTSCHICHT AUFWECKEN.
UWF

GOSTO
HEY, AKAMATSU! HIER SIND WIR!
IST JA EWIGKEITEN HER!
AH!
OH!
HEY!
SAG NICHT, IHR KENNT EUCH?
ACH, DER HAT MIR NUR NEULICH VOR DEM KONBINI EIN EIS ANGEBOTEN.
GIBT'S JA NICHT! WIE KANN DAS DENN SEIN?!
KRASSER ZUFALL!
JA, BIN AUCH BAFF GERADE.
ALSO, NOCHMALS DANKE FÜR NEULICH.
KEIN DING!

YO.
WIR GEHEN AUF 'NE ANDERE SCHULE, ABER ER KENNT EINEN FREUND VON MIR.
DAS HIER IST EIGHT AUS DER TIERHANDLUNG.
JA, MANN. ALLES KLAR?
DANN IST ER ALSO EIN KUMPEL VON DIR, HAMACHI?
ACH SO.
SCHÖN, DICH AUCH MAL WIEDER-ZUSEHEN, IKU.
ICH BIN AISUKE AKAMATSU.
Nenn mich Eight.
SCHÖN, DICH KENNEN-ZULERNEN!
DIE WELT IST KLEIN, WAS?
HAMACHI UND ICH KENNEN UNS, WEIL ER EINEN PELZIGEN FREUND SUCHT.
SO 'N FLUG-HÖRNCHEN-TEIL.
ACH, WAS WILLST DU DIR DENN ZULE-GEN?
PASST VOLL NICHT ZU DIR!

KOMM MICH DOCH MAL IM LADEN BESUCHEN, AKAMATSU. ODER LASS UNS MAL UM DIE HÄUSER ZIEHEN.
GIBST DU MIR DEINE NUMMER?
JA, KLAR.
BIIIIIEP
21:40
ALARM
SNOOZE
BIIIIIEP

SHIT! WÄRE FAST NOCH MAL EINGEPENNT.
BIN ICH IM ARSCH!
NJPW
ER IST NICHT DA?
VORHIN WAR ER KURZ HIER.

HAB LANGE NICHT MEHR ...
... SEINE DÜMMLICHE SCHLAFENDE VISAGE GESEHEN.
WIR ESSEN AUCH NICHT MEHR ZUSAM-MEN ...
UND ER IST SO BRAV.
UNER-WARTET BRAV.
NÄCHS-TER HALT IST ...

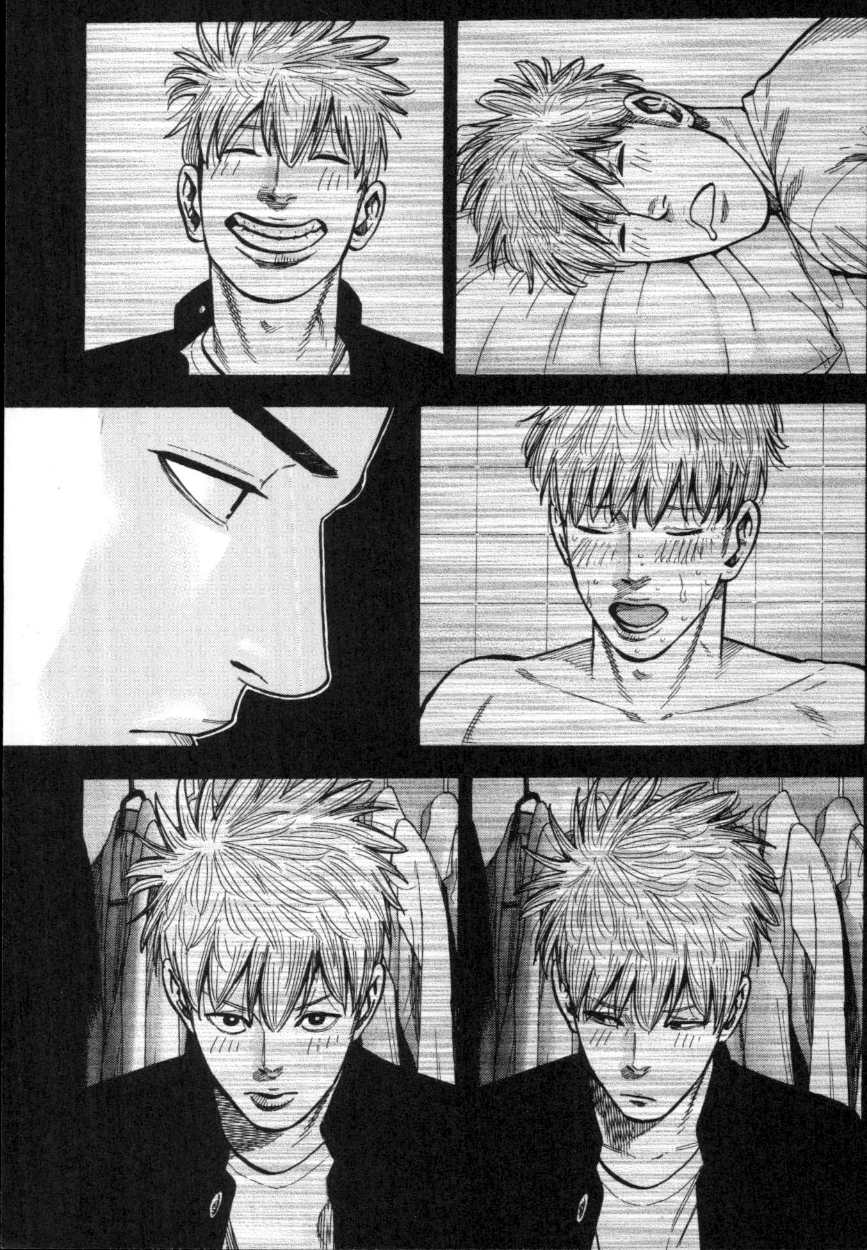

DINGDONG
HIHO, AKAMATSU!
HAST DU GESTERN „TOD AM ENDE DER WELT“ GESEHEN?
NÖ, ICH WAR NOCH WAS ESSEN.
DU VERPASST ECHT WAS! SCHAU'S DIR MAL AN!

ACH SO, UND DANN HAB ICH GESTERN BEIM KARAOKE „I'M TOO SEXY" FÜR MEINE PERLE GESUNGEN. FAND SIE NICHT SO GEIL.
DU DACHTEST, DAS WÜRDE IHR GEFALLEN? WIE BLÖD KANN MAN SEIN?!
Das ist aus der Rubrik „Internationale Hits"!
ALTER, WAS HÄTTEST DU DENN GESUNGEN?
DAS WAR RISKANT.
ICH BIN GESTERN AUF SEINEM FUTON EINGESCHLAFEN UND HAB DURCHGEPENNT.
Bis dann!
ZUM GLÜCK GEHT ER NACH DEM BAUSTELLENJOB IMMER DIREKT ZUR BÄCKEREI UND HAT MICH NICHT SO GESEHEN.
DAS HÄTTE IHN GARANTIERT ...
... SCHOCKIERT.
KLACK
SETZT EUCH! WIR FANGEN AN!
WIR HABEN AM ANFANG EINFACH ZU VIEL ZEIT MITEINANDER VERBRACHT.
ANWESEND!
BEVOR ER EINGEZOGEN IST, WAR ICH EINEN MONAT LANG ALLEIN. UND JETZT BIN ICH ES IRGENDWIE WIEDER.
AKAMATSU!
KATO!
HIER!

ICH KANN MIR ABENDS AUCH WIEDER EINEN RUNTERHOLEN.
IST DOCH ALLES BESTENS.
WILLKOMMEN ZURÜCK.
WHOA, DU BIST WACH?
JA, ICH GEH JETZT PENNEN.

ÄH, OKAY. DANN MACH ICH SCHNELL DIE WÄSCHE UND GEH ZU MEINEN ELTERN.
NEIN! BLEIB HIER!
DANN KANNST DU MICH SPÄTER WECKEN!
DARUM GEHT'S ALSO?
KANNST AUCH DAS LICHT ANLASSEN UND TUN, WAS DU WILLST.
ICH HAB HEUT NUR DAS GEFÜHL ... DASS ICH ES SPÄTER GARANTIERT NICHT ... AUS DEN FEDERN SCHAFFE ...
ALTER, DU SCHWÄCHELST JA! OKAY. HAU DICH AUFS OHR, ICH WECK DICH NACHHER MIT MEINEM LIEBLINGS-WRESTLING-MOVE, DEM „ROMERO SPECIAL"!
DANK DIR! WENN DER ALARM GEHT, WEISST DU, WAS ZU TUN IST.
UUUGH
EWIG FUNKSTILLE UND DANN SO WAS?

BTAMM
AUCH EGAL. ICH GEH EINKAUFEN, WÄHREND DIE MASCHINE LÄUFT.
TICK
TICK

KEINEN BOCK MEHR!
HNNN!
TOD AM ENDE DER WELT!
WIE KRIEGT MAN EIN WALROSS DAZU, SICH IN EINEN ZU VERLIEBEN?
ICH FLÄZ MICH AUCH HIN!
BLICK
WIE KÄMPFT MAN MIT BLOSSEN HÄNDEN GEGEN EINEN EISBÄREN?
WUBB
SONST SCHNARCHT DER WIE BLÖD, ABER IN LETZTER ZEIT IST ER VOLL LEISE.
SSST
SSST

DER MUSS TODMÜDE SEIN. BEWEGT SICH KEIN STÜCK.
UND WARUM SIND DA TITTEN AUF DER SCHLAF-MASKE?
HOFFENT-LICH NIMMT IHN DAS NICHT ZU SEHR MIT.
ER WILL GELD ANSPAREN, ALSO KANN ICH IHM SCHLECHT SAGEN, ER SOLL WENIGER ARBEITEN.
FWUPP
WTF! Du kannst nicht einfach den Schwanz von jemandem begrapschen, der pennt!
Hat Akamatsu begrapscht
CHRRR

BIIIEP
SEVEN, AUFSTEHEN!
BIIIEP
BIIIEP
BIIIEP
LOS, STEH AAAUF!
UHMM... GH ...
SCHEISSE, LALL NICHT RUM UND STEH AUF! HUAAAH!
PAMM
AAAARGH! GH! GH!
Ca... Camel Clutch ...!
WENN DU NICHT AUFSTEHST, REISS ICH DIR DEINE PINKEN SHORTS RUNTER UND FRESS DEINEN SCHWANZ, DU DRECKSKERL!
D... DAS WAR ABER KEIN ROMERO SPECIAL!
Au, mein Rücken!
BIN WACH. DAS IST ALLES, WAS ZÄHLT!
Danke ...
WÄR DIR DAS LIEBER GEWESEN? HATTE KEINE LUST, DICH HOCHZUHIEVEN!

ISST DU NICHTS?
ESSE HEUTE AUF ARBEIT.
ACH SO.
POCK
ICH GEH DANN MAL.
POCK
POCK POCK
POCK POCK
HEY!
POCK
ICH KANN NICHTS DAFÜR!
POCK
WEIL DU KAUM NOCH HIER BIST, ...
POCK
... HAT SICH VIEL ANGESTAUT!

HMPF.
DU BIST ALSO EINSAM, HM?
EINSAM?
FRAGST DU MICH DAS ERNSTHAFT?
BENUTZ DEINE SCHEISSAUGEN, MANN! WIR HABEN MAL TÄGLICH MITEINANDER RUMGEHANGEN!
UND JETZT SEH ICH DICH NICHT MAL MEHR ABENDS, WIR REDEN KAUM NOCH, UND KÄMPFEN TUN WIR SCHON GAR NICHT!
ICH BIN TODES-EINSAM, VERDAMMT!

ABER DU HAST'S JA AUCH NICHT LEICHT, ALSO ...
Geh schon!
HAU REIN UND GIB ALLES!
!
TSCHACK

DU ARSCH!
DU BLÖDER ARSCH ...
WARUM?
DU HAST DOCH GEFRAG...

PATT

Kapitel 6 – Ende

Kapitel 7
Akamatsu &
Seven

JETZT IST GERADE MAL DER 10. UND DIE SEIDENÄFFCHEN SIND SCHON AUSVERKAUFT.
DAS FRACHTSCHIFF AM 20. WIRD VOM EINFUHRAMT KONTROLLIERT WERDEN, WIR WARNEN BESSER DEN SPEDITEUR VOR.
UNSERE RECHNUNGEN SIND CLEAN, ODER, HAKO?
JA, ABER TROTZDEM GIBT'S IMMER WELCHE, DIE DANN AUF EIGENE FAUST EINFACH DIE WARE MITGEHEN LASSEN.
WEISE DEINE MÄNNER NOCH MAL DARAUF HIN.

DIE SOLLTEN ES BESSER WISSEN. ICH HAB DENEN OFT GENUG GESAGT, WER DAS MACHT, ENDET AUF DEM MEERES-GRUND.
BEIM EINFUHRAMT GIBT'S ALSO NEUES PERSONAL?
FALLS WIR NEUE ANGESTELLTE HABEN, WERDE ICH SIE NOCH MAL ZURECHT-WEISEN.
TUN SIE DAS.
WER FÜHRT DIE UNTERSUCHUNG DURCH? HATA?
TAKANAMI. ICH WAR GESTERN MIT IHM RAMEN ESSEN.
ALSO NICHT HATA?
NEIN.
VERSTEHE.
DER ARBEITET SEIT APRIL BEIM ZOLLAMT UND HAT SEIN EIGE-NES GESCHÄFT.
DER HAT UNSER KNOW-HOW GENUTZT UND SCHNELL BEZIEHUNGEN AUFGEBAUT.
TIPP
TIPP

JUNIOOOR!
JAWOHL!
TOMIE SOLL DIR NOCH MAL ZEIGEN, WIE MAN KLEIDUNG ORDENTLICH ZUSAMMENLEGT.
JA-WOHL!
EIN ERWACHSENER WÄRE IN DER LAGE, WELCHE VON DIESER GRÖSSE RUNTERZU-SCHLUCKEN.
RSCH
RSCH
DU FASST DIE EINFACH AN, EIGHT?
IST DOCH NUR EINE ETWAS GRÖSSERE SCHABE.
SIND DAS KEINE KAKERLAKEN?
EIGHT.
DU BIST IN LETZTER ZEIT OFT BEI TAKANAMI, ODER?
IRGENDWAS INTERESSANTES GEHÖRT?
SO OFT BIN ICH AUCH NICHT DORT. ICH HELF NUR AB UND ZU MIT DEM TIERFUTTER AUS.
HAB NICHTS GEHÖRT, WAS VON BELANG WÄRE.

WENN TAKANAMI KRUMME DINGER DREHT, SAGST DU UNS DAS SOFORT!
JA-WOHL!
UND VON SEVEN GIBT'S AUCH NICHTS NEUES?
NEIN, NICHTS.
ABER KLINGT FAST SO, ALS WÜSSTEST DU MEHR, HAKO.
PFF! DANN WÜRDE ICH B-SUKE UND JUNIOR JA WOHL DIE MÜHE ERSPAREN, IHN ZU SUCHEN, ODER?
HA HA, STIMMT AUCH WIEDER.
ALSO, ICH GEH JETZT ZUR TIER-HANDLUNG!
GUT.

GEHST DU HEUTE ABEND BITTE ZU HERRN NAKAGAWA?
WAS? ICH?
ICH SEH NICHT SO AUS, ABER ICH BIN SCHON 24! ICH HAB MEINE BLÜTEZEIT LÄNGST HINTER MIR.
ER HAT NACH DIR VERLANGT.
BITTE.
URGH.
FWPP
SEI UM 21 UHR IM HOTEL IN SHINJUKU.
VERSTANDEN! WIRD GEMACHT!
PATT
PATT
DER KANN'S NICHT LASSEN. DABEI BIN ICH DOCH LÄNGST NICHT MEHR AKTIV.

FWTT FWTT
WAS GIBT'S?
HERR TAKA-NAMI.
HABEN SIE MIT TADAYOSHI NAKAGAWA ZU TUN, DEM LEITER DER STEUER-BEHÖRDE?
TAKASU VIELLEICHT, ABER ICH NICHT, NEIN.
DANN DARF ICH IHN FERTIG-MACHEN?
TU, WAS DU WILLST.
VERSTAN-DEN.
BRAUCHE EINEN JUNGEN TYPEN, DER ALLES MITMACHT,
WE
WEN
WENN
VRRR
AKAMATSU
HAMACHI HAT MIR EIN FOTO MIT SEINEM FLUGHÖRNCHEN GESCHICKT. DAS TIERCHEN VOLL NIEDLICH! IM GEGENSATZ ZU HAMACHI.
AKAMATSU
AKAMATSU HAT EIN VIDEO GESCHICKT.

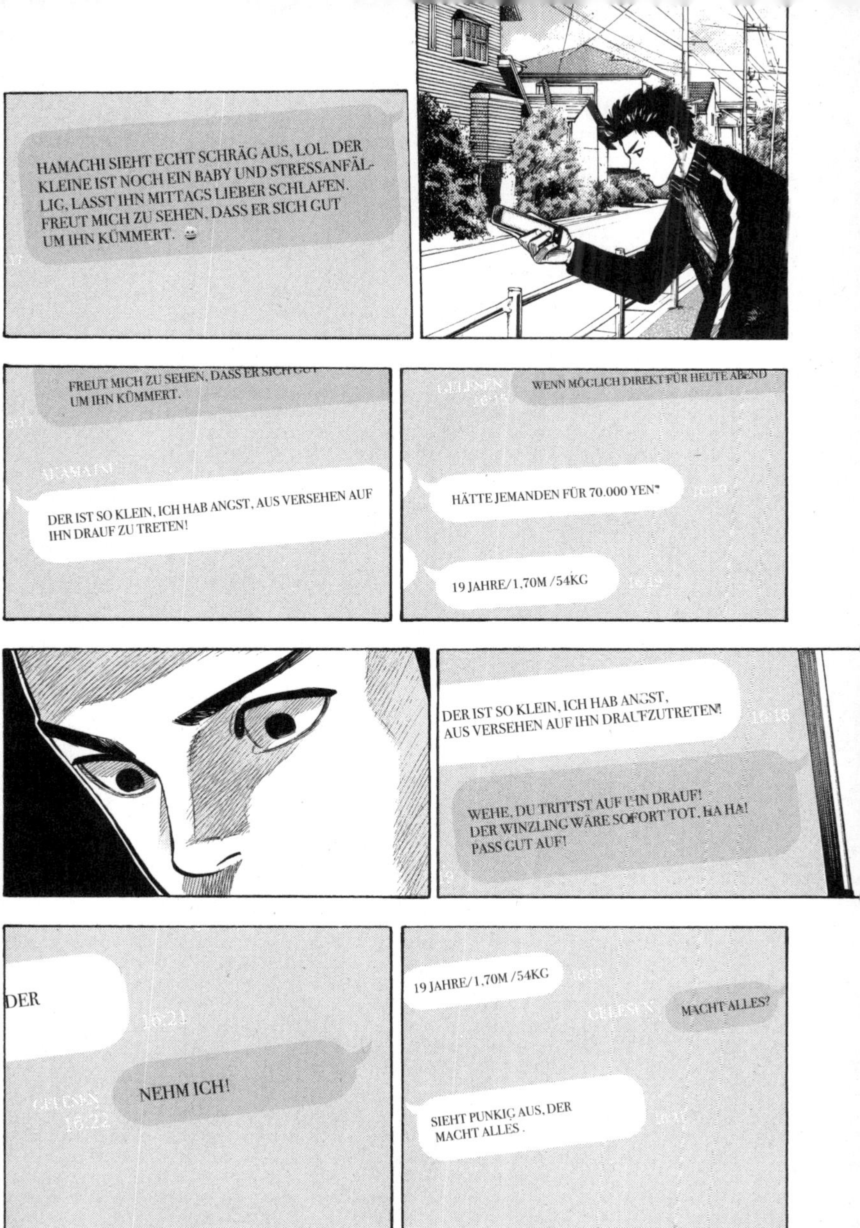
HAMACHI SIEHT ECHT SCHRÄG AUS, LOL. DER KLEINE IST NOCH EIN BABY UND STRESSANFÄL-LIG, LASST IHN MITTAGS LIEBER SCHLAFEN. FREUT MICH ZU SEHEN, DASS ER SICH GUT UM IHN KÜMMERT.
FREUT MICH ZU SEHEN, DASS ER SICH GUT UM IHN KÜMMERT.
DER IST SO KLEIN, ICH HAB ANGST, AUS VERSEHEN AUF IHN DRAUF ZU TRETEN!
WENN MÖGLICH DIREKT FÜR HEUTE ABEND
HÄTTE JEMANDEN FÜR 70.000 YEN
19 JAHRE/1,70M /54KG
DER IST SO KLEIN, ICH HAB ANGST, AUS VERSEHEN AUF IHN DRAUFZUTRETEN!
16:18
WEHE, DU TRITTST AUF IHN DRAUF! DER WINZLING WÄRE SOFORT TOT. HA HA! PASS GUT AUF!
DER
16:24
NEHM ICH!
16:22
19 JAHRE/1,70M /54KG
MACHT ALLES?
SIEHT PUNKIG AUS, DER MACHT ALLES.

PERFEKT
SO SCHÖN!
ICH FRAG MICH SCHON LANGE, WO DEINE ÜBERTRIEBENEN WÄSCHE-SKILLS HERKOMMEN.
ICH WAR LANGE FÜR DIE WÄSCHE ZUSTÄNDIG. GEHT MIR INZWISCHEN TOTAL LEICHT VON DER HAND.
MIT GENÜGEND ÜBUNG GIBT ES NICHTS, WAS MAN SICH NICHT BEIBRINGEN KÖNNTE.
ACH ÜBRIGENS, DU HAST GESTERN IM SCHLAF GEREDET.
Pikachu ... Nein ... Das ist falsch ...
SO WAS IN DER ART.

HAT ER DIE FALSCHE ATTACKE ANGE-WENDET ODER WAS WAR DA LOS?
Das soll ich gesagt haben?
WOHER SOLL ICH DAS WISSEN?!
OKAY, DIE WÄSCHE IST FERTIG.
GEHEN WIR EINKAU-FEN?
JA.
SCHREIB 'NE LISTE!
YES, SIR.
PILZE, EIER, TOMATEN, MILCH, ZWIEBELN ...
ZAHN-PASTA ...
U.W.E.
AISUKE!
TAG ZUSAM-MEN.
DU GIBST ALSO ALLES, JA?
WAS MEINST DU, ONKEL?

NA, DU HAST DOCH VOR ZWEI, DREI TAGEN ABENDS DEN TANZ FÜRS YOSAKAI-FESTIVAL GEÜBT, ODER?
WAS?
„HAH! HAAAH! HAAAAAH!" DAS GESTÖHNE WAR WOHL ZIEMLICH LAUT, MEINTEN DIE NACHBARN.
ÄH?
AAAAARGH!
TUT MIR SO LEID!
AH!
KOMMT NICHT WIEDER VOR!
WIRK-LICH! ICH PASSE BESSER AUF!
WAS HAST DU GEMACHT?
FÜR EIN SPORTFEST GEPROBT?
WAS GLAUBST DU WOHL, WESSEN SCHULD DAS WAR?!
GRRR
WIR PASSEN BESSER AUF!
IHR JUNGEN LEUTE HABT VIEL ENERGIE.
Aber übertreibt's nicht.
HEY!

ALS SEVEN NACH DEM KUSS GEGANGEN WAR, WAR AKAMATSU SO DURCHEINANDER, DASS ER ...
Hah?! Haaah?!
Hah?¡Hah! Hah! Hah! Hahaaah! Haaah!
Hah? Hah!
... EINFACH GESCHRIEN HAT.
HAH!
HEYAH!
THE END
NICHT MAL MIT MEINEN ENGSTEN FREUNDEN HATTE ICH SO VIEL KÖRPERKONTAKT.
Morgähn!
Ist das schön, einfach mal faul zu sein!
FÜR IHN IST NATÜRLICH ALLES WIE IMMER.
AN SEINE ART HAB ICH MICH GEWÖHNT, ABER IRGENDWIE ...
... IST DAS SCHON KRASS.
DAS IST DOCH VIEL MEHR ...
... ALS NUR KÖRPERKONTAKT.

BRAUCHEN WIR CHIPS?
KLAR.
Die mit Salz und Nori?
GUTEN TAG.
KÖNNTE ES DENN SEIN, DASS ER MEHR WILL?
BIEP
98 YEN.
UND WAS WILL ICH?
BIEP
199 YEN.
BIEP
793 YEN.
298 YEN.

TOMATEN, 198 YEN.
MILCH, 165 YEN.
ÄH?! KANN MICH NICHT ERINNERN, DASS DIE AUF DER LISTE STANDEN!
WAS? WARUM BEZAHLEN WIR DAFÜR MIT UNSEREM GELD FÜR DIE GEMEINSAMEN AUSGABEN? WANN HAT ER DIE ÜBERHAUPT IN DEN KORB GELEGT?! UND MIT WEM WILL ER DIE BENUTZEN?! SO VIEL WIE HEUTE HABEN WIR NOCH NIE FÜR DEN EINKAUF AUSGEGEBEN!
DAS MACHT DANN 2.431 YEN*.
HNF HNF
OH, ÄH ...
*CA. 20 EURO
SAG DOCH WAS!
NIMM DU DIE EIER.

UND WARUM SAG ICH NICHTS?!
HEUTE KAM EIN KIND IN DIE BÄCKEREI UND ...
WARUM SCHWITZE ICH SO?
ACH, VIELLEICHT HAT ER DIE EINFACH NUR SO GEKAUFT ...
IST DIR HEISS?
TAUMEL
TAUMEL
NÖ.
SIND DOCH NUR KONDOME ...
GEHEN WIR ZUM PARK AM WASSER?
WIRD DAS EIN DATE?!
ÄH, JA.
HABEN UNS LANG NICHT MEHR VERMÖBELT.
DAHER WEHT DER WIND ALSO!
JA, KLAR! GERN!
GENAU! BEWEG DICH EIN BISSCHEN, DANN WIRD DIESES MULMIGE GEFÜHL ...
... SCHON WIEDER VERSCHWIN...

ICH DACHTE, HIER WÄREN WIR UNGESTÖRT.
WOMM
...
GEHEN WIR ZU UNSEREM PARK?
HEY, JUNGS.
ALLES GUT. KÖNNT RUHIG VORBEIGEHEN.
NEIN, DANKE.
„NEIN, DANKE"?!
TU NICHT SO, ALS WÄRST DU WAS BESSERES!
AKAMATSU!
HM?

HM?
SCHAU AN, EIN GANZ MUTIGES BÜRSCHCHEN.
DU MIT DER TÜTE DA ...
ICH KENN DICH DOCH!
IHR SEID HIER DIE ANGEBER! WIR GEHEN JETZT UND DAMIT BASTA.
DIE SIND GANZ SCHÖN FRECH.
KOMM HER!
FUCK! ICH HAB IHM NICHT BEIGEBRACHT, WIE MAN MIT STICHWAFFEN UMGEHT!
FWOMM

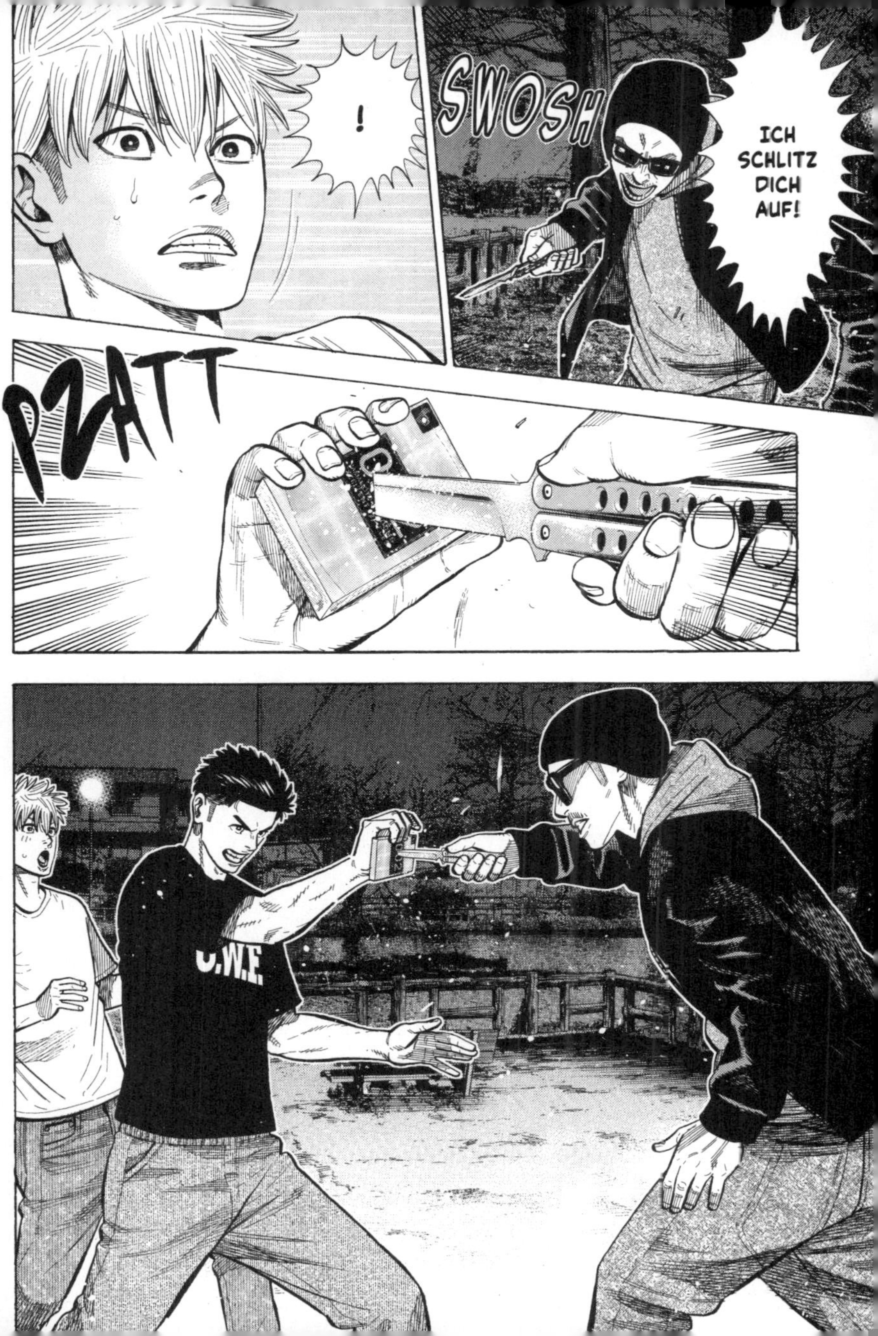
SWOSH
ICH SCHLITZ DICH AUF!
!
PZATT
U.W.E.

793 Yen (ca. 6,25 Euro)
MIT MESSERN SPIELT MAN NICHT.
U.W
HÄ? WOMIT HAT DER ABGE-WEHRT?
KEIN PLAN!
WAS ZUR HÖLLE?
MIT KONDO-MEN?!
ICH KENN NOCH EIN VERHÜTUNGS-MITTEL!
SWOSH
GAH!
ZOMM

NA WARTE!
HOOOOO!
HEYAAAH!
URGS!
WOMP
HAH!
FWUMM
KOMMT HER, DANN BRING ICH EUCH DIE GRUNDLAGEN BEI!

NIMM DAS!
FICK DICH!
SWISH
PZATT
!
GRAH! IHR WICHSER NERVT LANGSAM!
KRACK
GAH!

SSRT
DONK
WOMM
WOCK
U.W.F.
DZPP

JETZT ... ERINNERE ICH MICH AN DICH ...
DU GEHÖRST ZU TAKASU ...
WIR DREHEN UNS JETZT UM UND GEHEN.
VERSPRICHST DU, DASS IHR UNS NICHT VERFOLGT ODER ANGREIFT?

O... OKAY.
KLANK
OH.
WAR DAS GEIIIL!
STRAAAHL
Jetzt fühl ich mich fresh!
GUT, DASS ER SO VERRÜCKT IST.
U.W.E.
UH!
DER TRAUERT ECHT?
Wegen 793 Yen ...
0.02

FTT
FTT
AU!
WIR SOLLTEN MAL PFLASTER KAUFEN.
DU BIST AUCH VER-LETZT.
GIB HER.
HAB SCHON LANG NICHT MEHR GEGEN JEMAND ANDEREN ALS DICH GEKÄMPFT.
WAR ER-FRISCHEND ANDERS.
ICH GLAUBE, KAMPFTECHNISCH BIN ICH EIN LEVEL AUFGESTIEGEN.
Hab ich dir zu verdanken, Seven!
Auch wenn ich es nicht gern zugebe.

ABER WIE DU DIE EIER BESCHÜTZT HAST, WAR GENIAL!
DAFÜR GIBT'S 'NE MILLION PUNKTE!
HE HE!
Zurück damit!
FWSH
0.02
IST NOCH IRGENDWAS BRAUCHBARES HEIL?
Oder hat alles Löcher?
BTAMM
U.W.F.
WARUM HAST DU DIE GEKAUFT?
ÄH.
ICH FRAG NUR.

DACHTE HALT, DIE KÖNNTEN NÜTZLICH SEIN.
DU WEISST SCHON ...
WAS WEISS ICH?
OH.

SHIT.
WUPP
OH, MANN.

...
MOMENT ...
WARTE MAL!
...
DAS KOMMT ZU PLÖTZLICH ...
BEI DIR ...
... GEHT IMMER ALLES SO SCHNELL!
DU ÜBERRUMPELST MICH!
ACH?
ZU SCHNELL GEHT DIR DAS?
JA.
DU HAST DOCH GEFRAGT!

DU BIST VERWIRRT, ODER?
GEHEN WIR'S LANGSAM AN UND SCHAUEN, WAS PASSIERT?

U.W.F.

ÖFFNE DEINE LIPPEN.
KOMM SCHON.

ATME WEITER.
HN.
NH.
AH.
HAH.
AH.

UH.
HAH.
AH ...
AH.
AH.
Kapitel 7 – Ende

Kapitel 8
Akamatsu &
Seven
ZERO

DEIN SCHWEIGEN SAGT MIR, DASS DU EINVERSTANDEN BIST, ODER?
FWPP
HE ...
HEY!
FRTT
FRTT
WAR-TE!

KISS
NH!
ICH BIN NICHT MEHR ...
... HERR MEINER SINNE!
WENN ER DAS TUT ...

ZIPP
SWPP
...
RTSCH
Hah ...
...
AH, SCHEISS DRAUF ...
Haaah!

SLP
ICH HATTE JA EIGENTLICH GESAGT, DASS ICH DICH NICHT MEHR BEGRAPSCHEN WERDE.
DASS ICH ES SEIN LASSEN WÜRDE ...
...

ACH, IST DOCH EGAL JETZT! MACH!
ODER DOCH LIEBER NICHT?
GH!
RBB RBB
ZUCK
ZUCK
AH!
...
Hnf! Hnf!
U.W.F.
FWPP

FWPP
GUT, WENN ES OKAY IST, DANN ...
FWPP
WOMM
WHOA!
TSCHK
!
WUPP
SWRL
Was ist denn jetzt?
DU WILLST WOHL, DASS ICH HINTEN WEITER-MACHE?

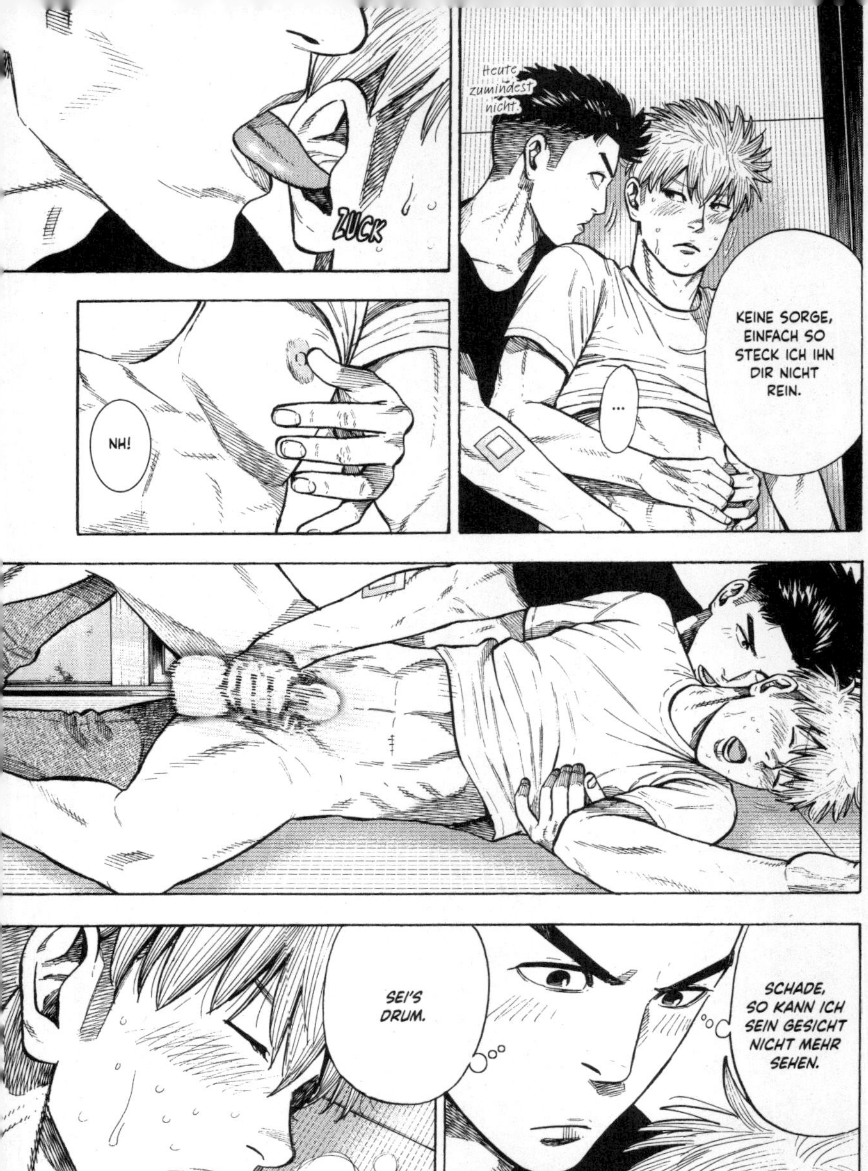
KEINE SORGE, EINFACH SO STECK ICH IHN DIR NICHT REIN.
Heute zumindest nicht.
...
ZUCK
NH!
SCHADE, SO KANN ICH SEIN GESICHT NICHT MEHR SEHEN.
SEI'S DRUM.
Hah!

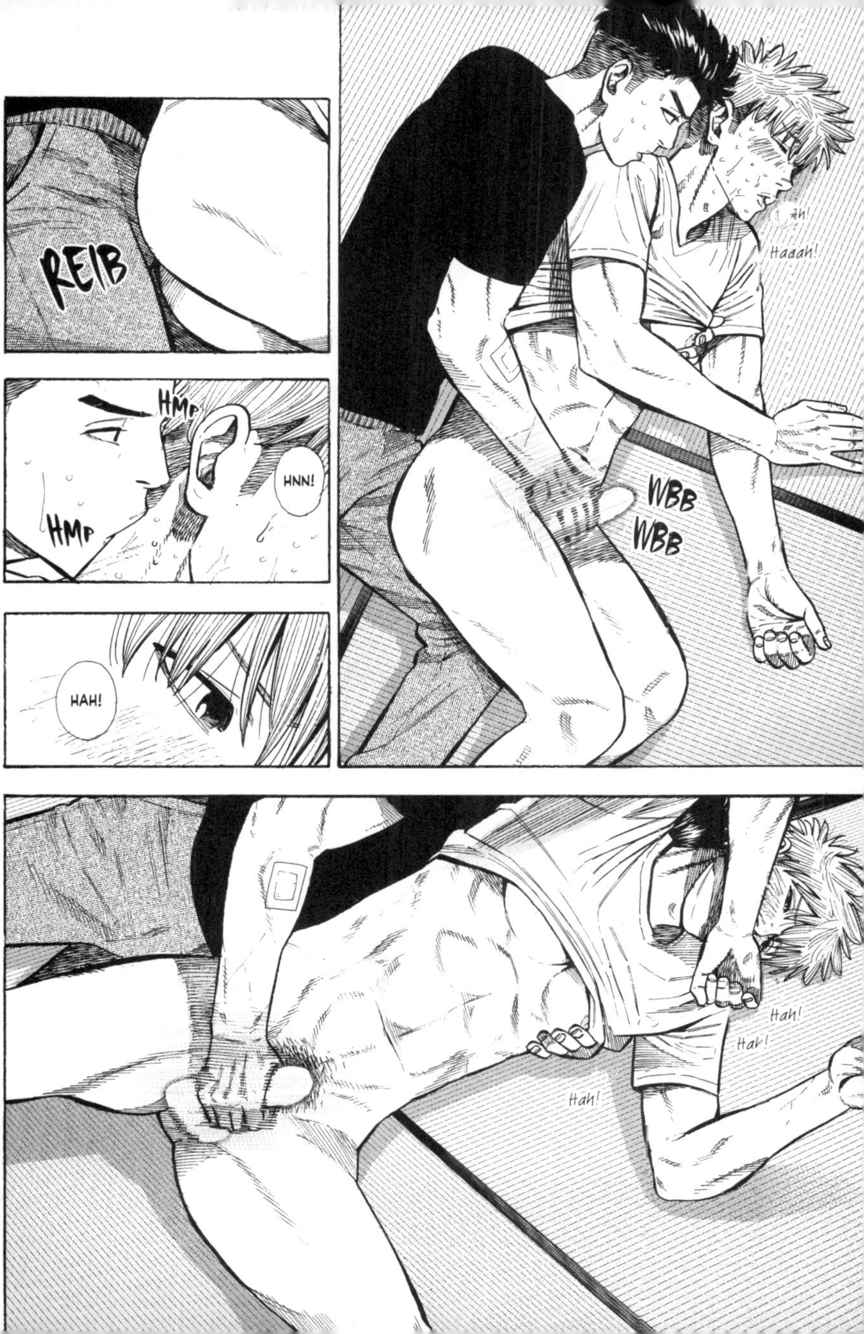

Haaah!
WBB
WBB
REIB
HMP
HMP
HNN!
HAH!
Hah!
Hah!
Hah!

AAH!
AAH!
AH!
ICH KOMME!
ICH KOMME!
HN!
HAH!
FTT
PLTT
PLTT
SHIT.
Huuuh!

SPRITZ DOCH NICHT SO WEIT, MANN!
HÄ?
KRSCH KRSCH
AH! DER FUTON!
UND AUCH DIE TATAMI-MATTE! ARGH!
POMM POMM
SIE MACHTEN ERST MAL SAUBER.
BENUTZ NÄCHSTES MAL EIN TASCHEN-TUCH!
SO WAS VON UNROMAN-TISCH!
TOCK TOCK

WER BIST DU?
WO IST EIGHT?
ÄH, EIGHT MEINTE, IHM WÄRE ES IM AUTO LIEBER.
ALSO, ICH BIN SUZUKI.
IM AUTO?
ABER ICH HAB EXTRA EIN ZIMMER GEBUCHT. ER SOLL HERKOMMEN.
IM HOTELZIMMER KÖNNEN SIE NUR MICH HABEN ...

LANG NICHT MEHR GESE-HEN, EIGHT.
HALLO.
KOMM, LASS MICH DOCH DEIN GESICHT SEHEN!
NEE, ICH BIN INZWISCHEN EIN ALTER KNACKER. IST MIR PEINLICH, INS HOTEL ZU GEHEN.
WENN DU EIN ALTER KNACKER BIST, BIN ICH EIN FOSSIL.
BTAMM
HA HA HA!
WIR HABEN HINTEN AUCH EINE ORDENTLICHE MATRATZE.
ICH HAB'S NOCH NIE IM AUTO GETRIEBEN. ICH HOFFE, MEINE HÜFTE MACHT DAS MIT.
SWPP
PAPPERLAPAPP! EIN ZUG HIERVON UND SIE SIND WIEDER WIE ZWANZIG!
DU NIMMST SPÄTER AUCH WAS, SUZUKI.
OKAY!

DANN FANGE ICH AN, JA?
NUR ZU!
RTT
RTT
Hah!
Hah!
Hah!
EIIIGHT!
Ah!
Hah!

KOMM DOCH DAZU!
Hah!
Hah!
Hah!
ICH SPRITZ GLEICH AB!
EIIIGHT!
JA! GIB MIR DEINEN SCHWANZ!
SIE WOLLEN WOHL MEINEN SCHWANZ, HERR NAKAGAWA?
SPÄTER!
NEIN! ICH HALTE ECHT NICHT MEHR LANGE DURCH!
HAH
HAH
DAS MACHEN SIE SCHON! SUZUKI IST ERST 19 UND SIEHT AUS, ALS WÜRDE ER GLEICH KOMMEN!
AH!
HAH
SIE BESORGEN'S IHM EINFACH ZU GUT!
AH!
HAH

KOMM SCHON, EIGHT! LASS IHN MICH WENIGSTENS MAL RIECHEN!
SIE SCHON WIEDER!
WENN'S UNBEDINGT SEIN MUSS.
KRTT
HIER!
AAH!
♡
ÖFFNEN SIE IHREN MUND!
EIGHT! DU RIECHST SO GEIL, EIGHT! ♡
BÄH, WIDER-LICH.
LOS, MUND AUF!
HAH!
HAH!
AAAH, EIGHT! ♡
HAH!
FTSH
FTSH
HAH!

WILLST DU AUCH?
JA! ICH LIEBE ECSTASY!
WARUM TRÄGST DU HEUTE HANDSCHUHE, EIGHT?
Geh nicht runter!
HM? WEIL ICH DAMIT IHR DRECKIGES ARSCHLOCH FINGERN WERDE!
HAAAH!
HAAAH!
ZUCK
ZUCK
SCHEISSE, JETZT FÜHLE ICH'S! MIR WIRD SCHWINDLIG!
Hnf! Hnf!
SCH... SCHNELL, EIGHT!
KOMM ZU MIR!
JA, JA. MUND AUF, NOCH EINMAL!
Haaah!
AH! ♡
Haaah!
SCHÖÖÖN WEIT AUF-MACHEN!

FWAMM
IHRGS!

GNNN!
HALT IHN FEST!
WARUM DENN SO ÄNGSTLICH?
NNH
SIE STEH'N DOCH AUF KLEINE SÜSSE DINGER!
NNH
K-R-K-R-K-R-T-T
INSEKTEN STECKEN VOLLER PROTEINE UND KALZIUM! WAHRE NÄHRSTOFF-BOMBEN!
KEINE PANIK! IN IHRER MAGENSÄURE ENDEN DIE DINGER WIE JEDE ANDERE NAHRUNG!
K-R-K-R-K-R-T-T
ESSEN SIE, HERR NAKA-GAWA!
DAS IST MEIN GESCHENK AN SIE!
GNH! GNH!
GNH!
ICH WILL, DASS SIE DIE SCHABE KAUEN ...
... UND RUNTER-SCHLUCKEN!

KRCK
HA HA!
RATT RATT
KRCK
SO IST'S GUT!
BRAVER JUNGE!
GLP
HAH
UND? HAT'S GE-SCHMECKT?
HAH
BRAVO!
DIE SCHMECKEN LEICHT BITTER UND SAUER UND SIE STINKEN. ABER NICHT SO SCHLIMM WIE IHR SCHWANZ!
OKAY, WEITER.
KRATT
ICH WILL SIE MEHR ESSEN SEHEN! ♡
SIE WOLLEN MEINEN SCHWANZ LUTSCHEN? DANN MÜSSEN SIE ERST AUFESSEN!
HAH!
HAH!
HAH!

FLPP
UND JETZT SAGEN SIE SCHÖN „AAAH“!
GRHLF!
FLPP
WAAAH!
HE HE!
NICHT WEHREN!
AAAH!
KRTT
KRTT
HFFF!
HFFF!
HFFF!
KAUEN!
LOS! KAUEN SIE, HERR NAKAGAWA!

ANWESEN-HEIT!
AKA-MATSU!
GLOTZ
HEY!
NICHT ANWESEND? NOCH MAL ... AKAMATSU!
ANWE-SEND!
Kato!
Hier!
UFF!
HEUTE SEHE ICH ALLES SO KLAR, SEIT ICH DAS HAUS VERLASSEN HABE.
WOW, IST DER HIMMEL BLAU!

DAMIT MEINE ICH ...
Kyah!
Kyah!
Morgen!
Morgen!
FUNKEL
FUNKEL
FUNKEL
HEUTE SCHEINT IRGENDWIE ALLES ZU FUNKELN. LÖST SICH MEINE NETZHAUT AB?
HE!
GRINS

ALTER, SCHLUSS JETZT! NICHT DARAN DENKEN, SONST HÖRT DAS NICHT MEHR AUF!
KH ...
HAH
ZUM GLÜCK WAREN DIE GUMMIS KAPUTT.
FAST WÄR'S PASSIERT.
ICH HAB SEINEN SCHWANZ GENAU GESPÜRT.

DING DONG
... UND ICH BIN RALLIG WIE SAU!
DER UNTERRICHT IST VORBEI ...
ICH KANN NICHT MEHR! ICH WILL ERLÖST WERDEN!
DING DONG
ER HAT MICH GANZ ANDERS BERÜHRT ALS NEULICH IM BAD. WARUM ZUR HÖLLE HAT ES SICH SO GUT ANGEFÜHLT?
Ach, Mann!
AKA-MATSU.
SELBST KATO SIEHT HEUTE SCHÖN AUS.
HÖRST DU BITTE MAL AUF, DIE GERICHTE AUS DEINEM RESTAURANT INS PROTOKOLL ZU SCHREIBEN?
FRÜHER GEGANGEN
PROTOKOLL DES HEUTIGEN TAGES
Beliebte Gerichte (alle Altersgruppen)
Kalte Nudeln, klein
Pilaw mit Curry
Gyoza in Ohrmuschelform
Mein Aloha
Meine Blüte
SORRY, WAS AUCH IMMER SIE DA REDEN.
SORRY, ICH VERSTEH NICHT GANZ, WAS DAS SOLL.
SIND ZUNGEN LEBENDIG?
ICH SPÜRE SEINE WEICHEN LIPPEN UND SEINE ZUNGE IMMER NOCH ...
KRASS, WIE WEIT MEIN SPERMA GEFLOGEN IST!
TAKE ME HIGHER
Hu!!!

UND WIE KAMST DU ÜBERHAUPT DARAUF, DASS ICH VERWIRRT GEWESEN WÄRE?
AKAMATSU, WIR HABEN JETZT SPORT! ZIEH DICH UM!
JAJA!
WEIL ICH MAL HINGEGUCKT HABE, ALS DU NACKT AUS DER DUSCHE KAMST? ODER ALS DU NICHTS DRUNTER ANHATTEST?
NA UND, HAB ICH HALT HINGEGUCKT.
HIGHER!
IST DAS NICHT NORMAL?
SPIEL AB! LOS!
WENN EIN HEISSES MÄDEL NACKT IN DEM SEINER WOHNUNG STEHEN WÜRDE, ...
NACH EINEM BAD IST KALTER TEE AM BESTEN!
... DANN WÜRDE DER AUCH HINGUCKEN!
WAAAH

ICH HAB BISHER VERSUCHT, UNS NUR ALS KUMPEL ZU SEHEN, WEIL ICH DICH NICHT NÄHER AN MICH RANLASSEN WOLLTE.
NUR SO KONNTE ICH BIS JETZT ALL DIE GEFÜHLE BEISEITE-SCHIEBEN.
ABER WENN DU DIESE GRENZE ÜBER-SCHREITEST, ...
AKAMATSU!
WASCHSALON
Zweig-stelle Otaka
... DANN KANN ICH AUCH NICHTS DAFÜR!
RMMB
RMMB
RMMB
RMMB

RMMB
NUR JE EIN FUTONBEZUG REICHT EINFACH NICHT.
STATT JEDES MAL HIERHER-ZUGEHEN, SOLL-TEN WIR EINFACH NOCH EIN PAAR BILLIGE BEZÜGE KAUFEN.
RMMB
ZERO
ICH GLAUB, GESTERN BIN ICH ZU WEIT GEGANGEN.
DER WAR TOTAL BAFF.
VIELLEICHT WAR ER JA VON UNSERM KAMPF NOCH SO ERHITZT ...
ABER ...

ER WAR SCHON VERDAMMT SÜSS.
BAMM
FPP
ICH KAUF BESSER ETWAS GLEITGEL FÜRS NÄCHSTE MAL.
IST NICHT BILLIG, ABER DAMIT FÜHLT ES SICH EINFACH BESSER AN.
ENGA PLAY GEL
Für besonderes Empfinden, einfach abzuwischen!
777
Gratis-Versand ab einem Bestellwert von 2.000 Yen
Auf Lager
Menge: 1
In den Warenkorb
Der Versand dieses Produkts erfolgt durch TAMAZON.com
WENN ICH SCHON IN OTAKA BIN, KÖNNTE ICH MICH AUCH AUF GESCHLECHTS-KRANKHEITEN TESTEN LASSEN.
Wobei, ich hab mich ja erst letztes Jahr testen lassen, sollte also okay sein.
VRRR

Kapitel 8 – Ende

AKAMATSU
& SEVEN

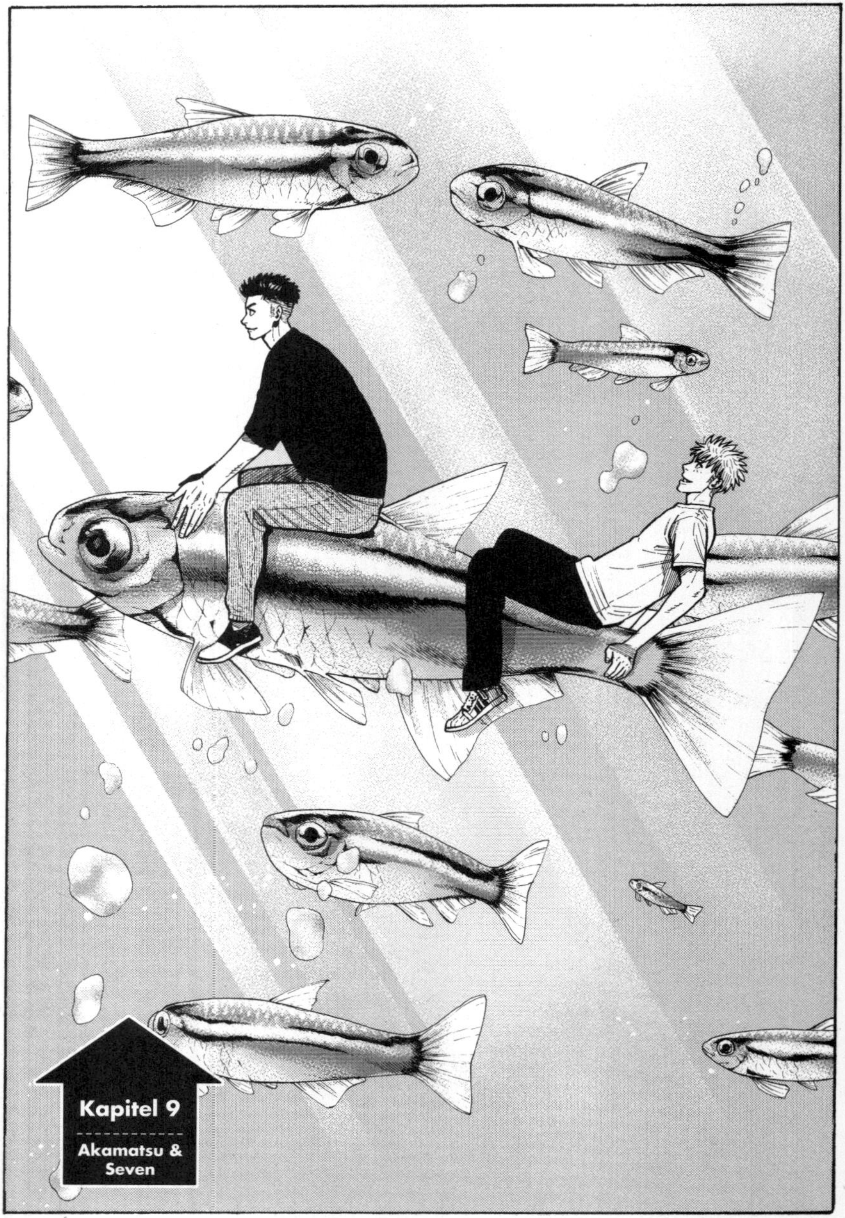
Kapitel 9
Akamatsu & Seven

BIN ZURÜCK!
KLACK
HALLO!
DU MUSST HEUTE NICHT ARBEITEN, ODER?
NÖ, WARUM?
OHRFLECK-RÖHRENAAL.
WARUM SAGST DU DAS BEIM ANBLICK MEINER UNTERHOSE?
Voller Erinnerungen
LASS UNS AUF EIN DATE GEHEN!
Beim Anblick deiner Boxershorts musste ich an Ohrfleck-Röhrenaale denken!
WAAAS?!
Voll die Beleidigung!

WIR GEHEN DOCH AUCH STÄNDIG ZUSAMMEN EINKAUFEN, WAS SOLL BEI 'NEM DATE GROSS ANDERS SEIN?
IST EINSTEL-LUNGS-SACHE.
REIN PSYCHO-LOGISCH.
PSYCHO-LOGISCH ALSO ...
BIEP
WOLLEN WIR HÄND-CHEN HALTEN?
VER-GISS ES, ALTER!
KICHER
KICHER
WAR EIN SCHERZ!
SELBST WENN ...
BAAAM

TADAAA
ICH LIEBE DAS AQUA-RIUM!
EMODA AQUARIUM
BAAAM
DA SIND GARNELEN!
WOOOOWSAAA!
UND FISCHE!
DER SCHWIMMT JA SEITWÄRTS?!

DU KOMMST GERN HIERHER, WAS?
JA, SO WIE HALT JEDER ...
ICH AUCH.
FLP
DER IST MEGASÜSS, ODER?
ICH WILL AUCH 'NE SCHWANZFLOSSE UND DAMIT RUMSCHWIMMEN!
OKAY, STOPP!
WOW, DIE HABEN HIER AUCH HAIE!
IST DER RIESIG!
FSSSH

HIER SIND DIE OHRFLECK-RÖHRENAALE!
OHO HO HO!
So laaaang!
Und Röhrig!
BIZARR, ODER?
ICH SEH DIE ZUM ERSTEN MAL LIVE! DIE HABEN JA VOLL DIE GLUPSCHER!
HA HA!
DU BIST WIE DER DA, DER UNKONTROLLIERT RUMZUCKT!
ZUCK
ZUCK
DU SPINNST DOCH!
DANN BIST DU DER SCHWARZE DA DRÜBEN!
Der, der sich so aufspielt!
NIE IM LEBEN, VIEL ZU DUNKEL! MEINER IST EHER WIE DER GESTREIFTE DA, ROSA, SÜSS UND LEICHT GEBOGEN.
WAS? WOVON REDEST DU EIGENTLICH?!
...

ÖHÖM.
ZUCK
PATSCH

WENN WIR NICHT REDEN, SEHEN WIR AUS WIE NORMALE FREUNDE.
NIEMAND WÜRDE DENKEN, DASS WIR AUF EINEM DATE SIND.
WHOA, SO DUN-KEL!

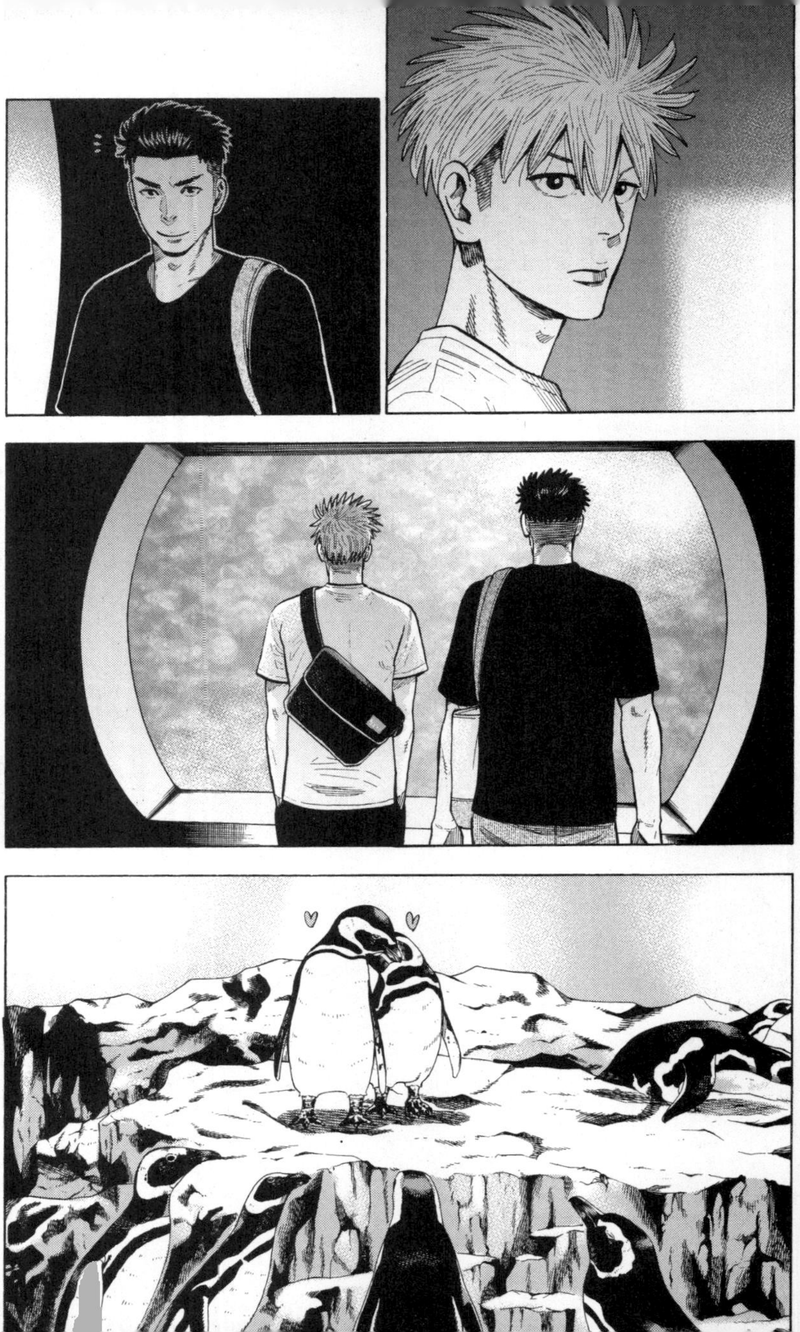

DIE PINGUINE SIND HIER DIE HAUPT-ATTRAKTION.
DA SIND SO VIELE!
IRGENDWIE BERUHIGEND ...
FSSSSH
ICH HÄTTE AUCH GERN SO EIN LEBEN. NUR FRESSEN UND SICH IM WASSER TREIBEN LASSEN.
WENN ICH DAS EINEN MONAT LANG TUN WÜRDE, KÖNNTE ICH NICHT MEHR ZURÜCK.
LOS! HEB MICH MAL HOCH!
ABER DU BIST VOLL SCHWER!
Nnngh!
ÄH, LEUTE?

AH!
TAUMEL
FUCK!
PASS AUF!
TAKEHIKO!
!
BONK
AH!

SPLOOOSH
AKAMATSU!
SPLASH
KAAALT!
UGH!

WIR HOLEN SIE DA SOFORT RAUS!
Ist ja arschkalt. Und wie das stinkt!
BIST DU OKAY?
HIIILFE!
NJPW
GUUOOOOOH
Was ist das für einer?
HM? VON OBEN SAHEN DIE PINGUS ABER NICHT SO BEDROHLICH AUS!
Was ist das für einer?

UWAAAAAAAAHH!
HEEEY, AKAMATSU!
RSH RSH RSH RSH
HÖRT SOFORT AUF DAMIT, HABT IHR GEHÖRT?! ES GIBT WAS ZU FRESSEN! HIERHER! MACHT SCHÖN HAPPA, HAPPA!
RSH RSH RSH RSH
GEHT'S DIR GUT?
UGH ...
KALT ... STINKT ...
KOMM DA RAUS, SOLANGE DU NOCH KANNST!

*DIE ABKÜRZUNG FÜR „OHRFLECK-RÖHRENAAL" KLINGT IM JAPANISCHEN NACH „PIMMEL UND LOCH".

PWAAAAHA!
JAJA. LACH DU RUHIG!
DAS WAR JA WAS!
CHI ANA
NJPW
IM AQUARIUM MIT PINGUINEN SCHWIMMEN ... SO WAS PASSIERT NICHT ALLE TAGE!
RESPEKT, MANN! RESPEKT!
VON WEGEN SCHWIMMEN, DIE HABEN MICH ATTACKIERT! DAS WERD ICH NIE MEHR VERGESSEN. HATTE VOLL SCHISS!
ZUM GLÜCK HABEN SIE DEINE NIPPEL DRAN GELASSEN.
JA, ECHT MAL!
EMODA AQUARIU
DAS WAR ÜBELST LUSTIG! MACHEN WIR EIN FOTO!
NJPW
KOMM MIT DRAUF!
Du stehst auf Fotos?
ÄH.

LASS UNS EIN SCHÖNES UND EIN ALBERNES MACHEN!
KLICK
DEIN ERNST?
HA HA!
WIE AUF 'NEM DATE ...
VRRR
ÄH, JA.
SAG MAL ...

DAS ZWISCHEN UNS HAST DU DIR AM ANFANG NICHT SO VORGESTELLT, ODER?
NJPW
NEIN.
UND WANN KAM DER SINNES-WANDEL?
HM, NA JA ...
SCHWER ZU SAGEN. KAM ALLMÄHLICH.
IST FÜR MICH JA AUCH DAS ERSTE MAL, DASS ICH SO WAS EMPFINDE.
WEIL ICH SCHWUL BIN?
CHIN ANA
WIE MEINST DU DAS?
NJPW

WAS WÄRE, WENN ICH HETERO WÄRE?
DANN WÄREN WIR NUR FREUNDE?
UND BEI DIR?
WAS WAR DAS FÜR DICH AM ANFANG?
...
DU WARST NUR SO 'NE ART VENTIL FÜR MICH.
ECHT?
JUPP.
DA WAR NICHT MEHR? GAR NICHTS?
ERST IM NACHHINEIN.
DAVOR HAB ICH NICHT DRÜBER NACHGE-DACHT.
WOLLTE MIR AUCH KEINE FALSCHEN HOFFNUNGEN MACHEN.

VERSTEHE.
AB JETZT DARFST DU DIR ABER RUHIG HOFFNUNGEN MACHEN, HÖRST DU? ♡
BONK
KOMM, GEHEN WIR NACH HAUSE.
07777
555 1111
BIN TOTAL KAPUTT VON DEM PROGRAMM HEUTE.
SCHLAF RUHIG, ICH WECK DICH DANN.
DANKE.

zzz
NJPW

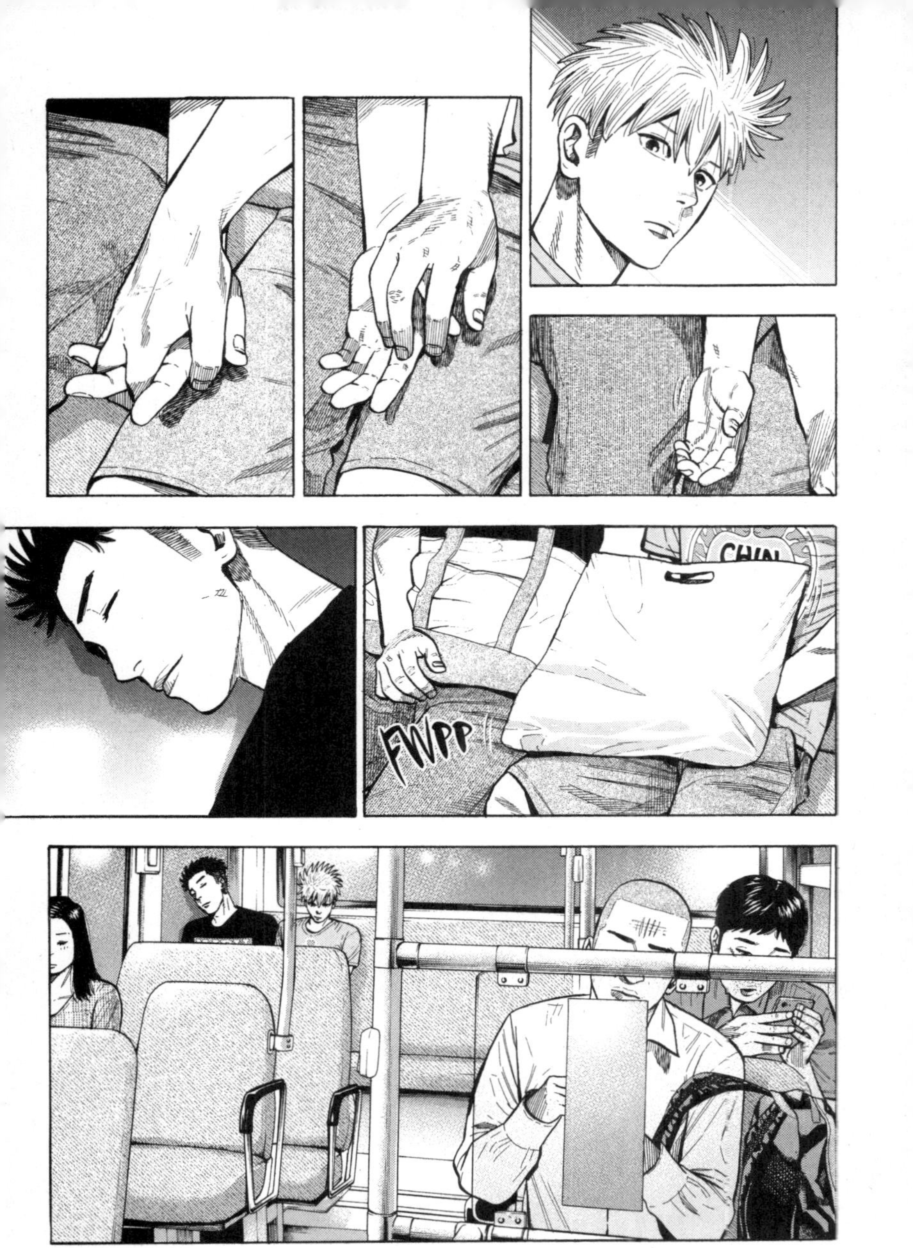

Kapitel 9 – Ende

Kapitel 10
Akamatsu &
Seven

STEUERBEHÖRDE TOKYO
TOKYO REGIONAL TAXATION BUREAU
HAST DU SCHON DAS MIT NAKAGAWA GEHÖRT?
ER LIEGT ANSCHEINEND SCHWER VERLETZT IM KOMA.
WAS? WIESO?
IRGEND-JEMAND HAT IHN BEWUSSTLOS AUF DER STRASSE GEFUNDEN.
OH NEIN! WURDE ER AUSGE-RAUBT?
WEISS ICH NICHT.
UZZ
UZZ
107
ER HAT DOCH IMMER GANZ GEWÖHNLICH GEWIRKT.
IN IRGENDWAS MUSS ER VERWICKELT GEWESEN SEIN.
UZZ
UZZ

UZZ
UZZ
UZZ
GEH NACH DRAUSSEN, EIGHT! ICH VERSTEH DICH KAUM.
BIN IN DER LOUNGE IM OBEREN STOCK.

ICH STELLE NUR SICHER, DASS SICH IM LADEN KEINE KOMISCHEN TYPEN TUMMELN.
DAMIT MUSST DU DICH MEINEN!
WER HÄTTE GEDACHT, DASS DU „TÖTEN“ MEINST, WENN DU „FERTIG-MACHEN“ SAGST! NAKAGAWA STAND NICHT AUF UNSERER LISTE!
SORRY, FALLS ES NICHT RICHTIG RÜBERKAM.
DAS HÄTTEST DU MIR SAGEN MÜSSEN!
ABER ICH HAB GRÜNDLICH ALLE SPUREN VERWISCHT.
ICH KANN DIR NICHT HELFEN, FALLS SIE DICH SCHNAPPEN!
WENN ES SO WEIT KOMMT, STOSSEN SIE MICH EINFACH AB.
RED KEINEN QUATSCH! SAG MIR NÄCHSTES MAL EINFACH BESCHEID, BEVOR SO WAS PASSIERT. ICH REGLE DAS DANN IRGENDWIE.
ABER ICH BIN DOCH EIN VERANTWORTUNGS-BEWUSSTER ERWACHSENER UND WILL IHNEN WIRKLICH KEINE UMSTÄNDE MACHEN, HERR TAKANAMI.
HA HA!
AM MEISTEN UMSTÄNDE MACHST DU, WENN DU IM ALLEINGANG KRUMME DINGER DREHST!

URGH, ICH TREFF MICH JETZT MIT 'NEM KUNDEN, ABER DER IST ECHT DAS LETZTE!
SAG, ZWINGT ER DICH IMMER NOCH DAZU?
JA, ABER NUR MANCH-MAL.
SIE HABEN TOTAL RECHT! TUT MIR LEID.
SEIT SIE NICHT MEHR DABEI SIND, HERR TAKANAMI, HÄLT ER SICH FÜR ZIEMLICH WICHTIG. DAS HAT MICH SO ABGEFUCKT, DASS ICH IHN EIN WENIG GEFOPPT HABE. ♡
ICH WÜRD VIEL LIEBER BEI DIR BLEIBEN, EIGHT.
ATÉ TERÇA, MINHA DEUSA MOTA! WIR SEHEN UNS DIENSTAG!
LÄCHLE, MOTA.
UND WAS IST MIT DEINEM KUNDEN?
PAH, GESCHIEHT DEM ALTEN PERVERSLING RECHT.
MEINEN KÖRPER VERKAUFE ICH NICHT FÜR GELD!
DU BRAUCHST GELD.
IST GUT.

EHRLICH GESAGT WÜRDE ICH AM LIEBSTEN DEN ALTEN KANZAKI AUS DEM WEG SCHAFFEN.
UZZ
DARÜBER WÄRE TAKASU GAR NICHT ERFREUT.
WENN MAN SEINEN ALTEN UMBRINGT, WIRD MAN SCHNELL ZUM VERDÄCHTIGEN.
UZZ
UZZ
UZZ
WÄRE MIR EGAL.
BRICH DEINE ZELTE DORT AB UND KOMM ZU UNS, EIGHT!
UZZ
UZZ
UZZ
UZZ
HERR MAMORU KANZAKI? HIER SPRICHT MIKITA VON DER STEUERBEHÖRDE.

EIN VENTILATOR WÄR AUCH GEIL.
FSSSH
VRRR
WHAT'S UP LINE
SACHIKO
SACHI...
...KO?

KÖNNTE EINFACH EINE FREUNDIN SEIN.
NICHT, DASS ICH EINE HÄTTE.
ICH WAR HEUTE ECHT BRAV! WAR ARBEITEN UND DIE HAUSAUFGABEN HAB ICH AUCH ERLEDIGT!
HAB SOGAR DIE KÜCHE GEPUTZT UND MEINEM ONKEL IM GARTEN GEHOLFEN.
PWAAAH!
Ist mir heiß!

WÄRE LANGSAM ZEIT FÜR 'NE KLIMA-ANLAGE.
WARUM ZIEHST DU NICHT FEST HIER EIN?
MEIN ONKEL VERMIETET DIR DAS ZIMMER BESTIMMT.
Die Veranda steht offen und dein Schritt genauso!
DANN KÖNNTEN WIR 'NE GEBRAUCHTE KLIMAANLAGE INSTALLIEREN.
OH.
DU MUSST JA AUCH NICHT HIERBLEIBEN. DACHTE NUR, FALLS EIN UMZUG ZU LÄSTIG WÄRE.
JA, SCHON KLAR.
EIGENTLICH HATTE ICH ABER SCHON ÜBER EINEN UMZUG NACHGE-DACHT.
ACH, ECHT?
!

HAB MICH NOCH NICHT ENTSCHIEDEN, ABER ICH MAG DIE GEGEND HIER.
HÄTTE SOWIESO AN IRGENDWAS IN DER NÄHE DEINES ELTERN-HAUSES GEDACHT.
ACH SO.
IST VON HIER JA AUCH NICHT WEIT.
HM.
AH, ICH VERSTEHE!
ER MEINT DAMIT BE-STIMMT, ...
... DASS WIR NICHT EWIG HIER WOHNEN BLEIBEN KÖNNEN.

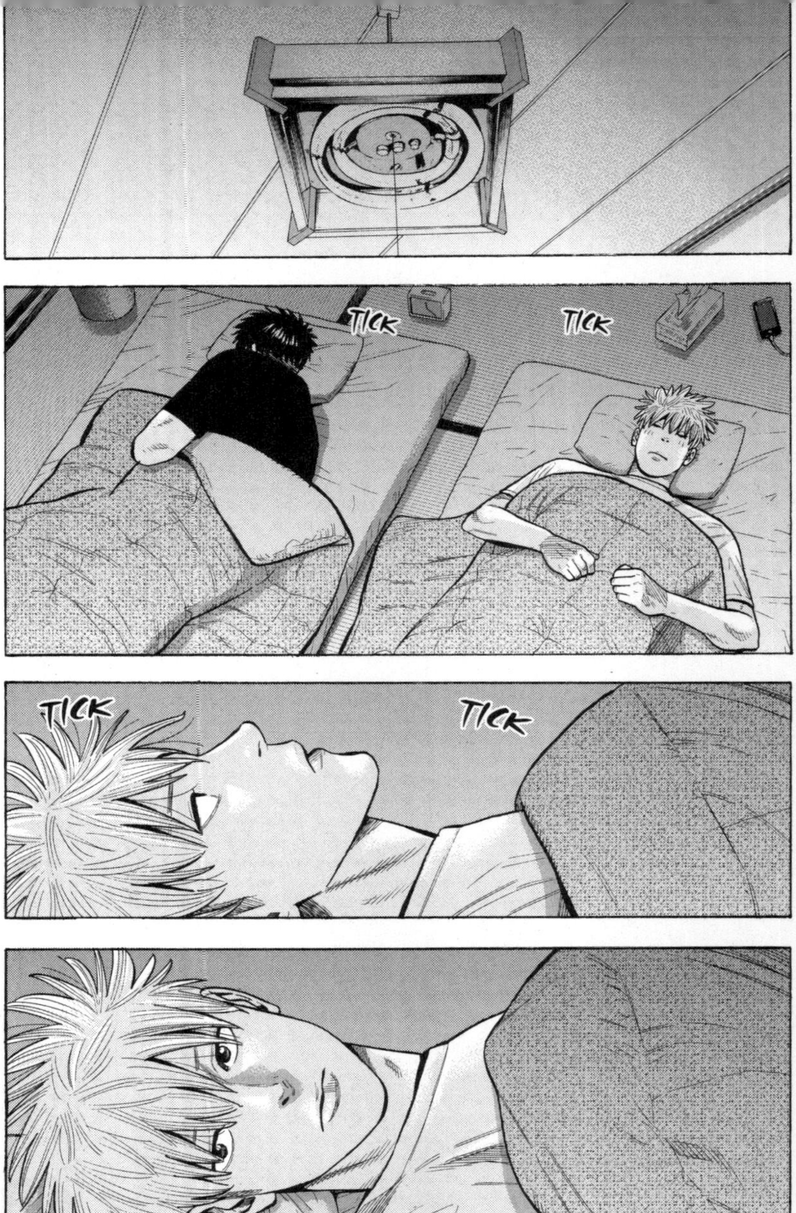
TICK
TICK
TICK
TICK

BADOMM
...
BADOMM
BADOMM
BADOMM
HÄTTE NICHT GEDACHT, DASS DU VON DIR AUS RÜBERKOMMST.
TJA, DA BIN ICH!
ICH ... HALT MICH JA ECHT ZURÜCK, WEISST DU?!
RUMHÄNGEN, RUMHÄNGEN ... DEN LIEBEN LANGEN TAG RUMHÄNGEN!
ALTER, DU HÄNGST DOCH AUCH NUR RUM!
ICH MEINE DAMIT DEIN ...
... TEIL DA UNTEN! DAS HÄNGT MIR VOR DER NASE RUM!
MUSSTE ZWISCHENDURCH MAL DRUCK ABLASSEN, ...
... SONST WÄR ICH VERRÜCKT GEWORDEN!

LOB MICH BITTE DAFÜR, DASS ICH NICHT EINFACH IM SCHLAF ÜBER DICH HERFALLE! FIND ICH SCHON NOBEL VON MIR.
NOBEL WIE EIN PRINZ BIN ICH.
SUPER-NOBEL! ZEHN MILLIONEN PUNKTE!
OH, SORRY. DER KLEINE AKAMATSU IST JA NOCH IN DER PUBERTÄT.
HNF.
...
STELL MIT MIR AN, WAS DU WILLST.
SLPP
WARGH!

...
SCHADE.
FLPP
FLPP
HLPP

Hah!
MEINE AUGEN HABEN SICH ZWAR AN DIE DUNKELHEIT GEWÖHNT, ...
... ABER ICH WILL SEIN GESICHT RICHTIG SEHEN!
SLPP
SLPP
DARF ICH DAS LICHT ANMACHEN?
VERGIFF EF!
ABER ICH FIND DIE TASCHEN-TÜCHER NICHT!
TSK!
HAH
HAH

NGH!
WA...
GRP
WARTE!
HAH
ICH KOM...
NH
HAH
HAH
HAH

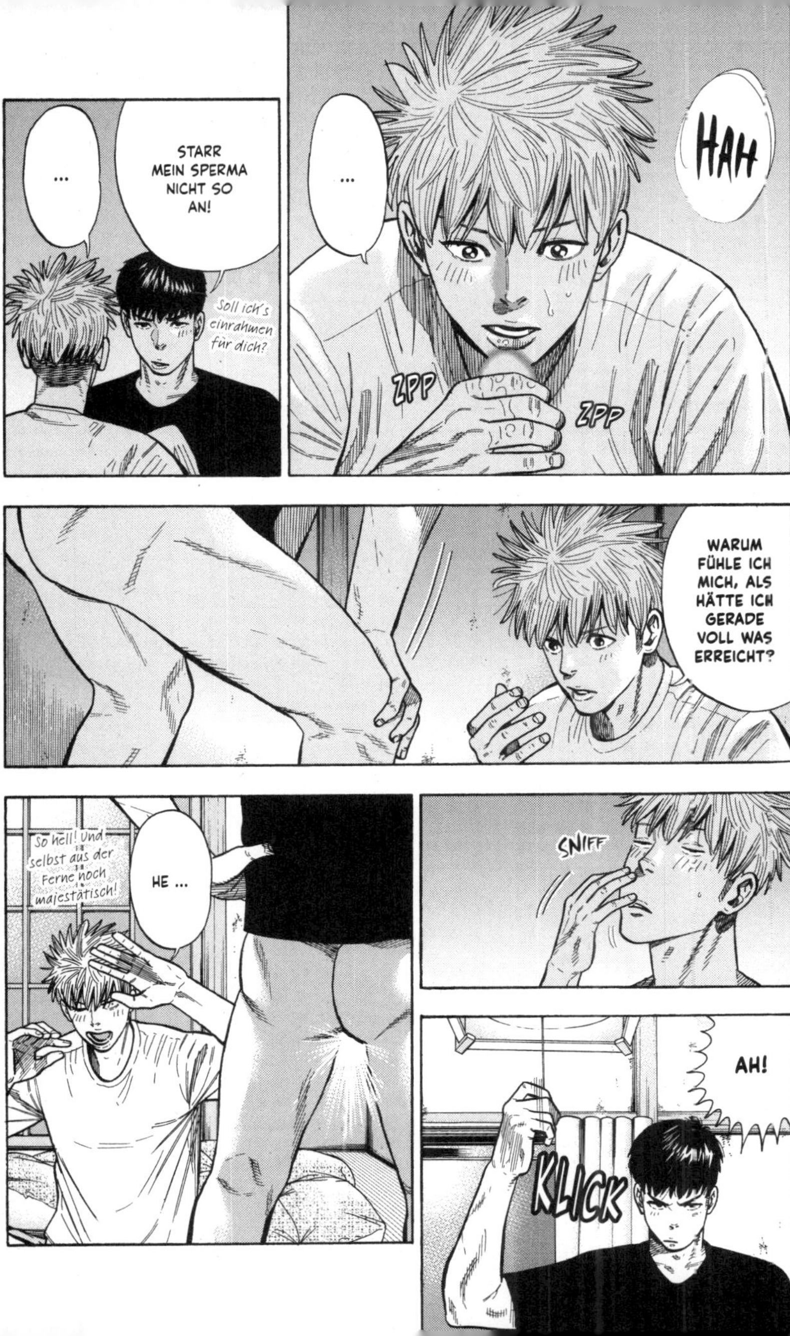
HAH
...
ZPP
ZPP
STARR MEIN SPERMA NICHT SO AN!
...
Soll ich's einrahmen für dich?
WARUM FÜHLE ICH MICH, ALS HÄTTE ICH GERADE VOLL WAS ERREICHT?
SNIFF
AH!
KLICK
HE ...
So hell! Und selbst aus der Ferne noch majestätisch!

HÄ?
LEHN DICH AN DIE WAND!
SSST
WAS MEINST DU?
ICH BIN GEKOMMEN. JETZT BIST DU DRAN.
ICH DACHTE, ICH HAB DIESMAL DAS SAGEN.
ZIEHST DU MICH JETZT SCHON WIEDER AUS?
HEY!
KANN ICH DOCH NICHTS FÜR!
WAS?!
ACH KOMM, DU HAST IM DUNKELN GERADE TOTAL VERSAUT GEGUCKT!
IST HALT MEIN ERSTES MAL, DASS ICH EINEN SCHWANZ LUTSCHE!
Und du hast voll den Harten!

DEIN DEBÜT?!
DAS WAR DEIN DEBÜT?! ALTER, DAS HÄTTE ICH SO GERN GESEHEN!
Ein Debüt gibt's nur einmal und ich hab's jetzt verpasst?! Fuuuuuck!
SAG DOCH NICHT IMMER DEBÜT UND SEI MAL LEISER!
DIE NACHBARN HÖREN UNS NOCH!
Pssst!
Du aber auch!
SEX MIT LICHT AN IST BESONDERS GEIL. ICH ZEIG'S DIR!
...
PSSST.
AH.
WHOA!

AH!
SLPP
DAS ...
FUCK, IST DAS GUT ...
HAH
...
GH...
HAH

GNH
AH
...

UNGE-WÖHNLICH, DICH UM DIE ZEIT HIER ZU SEHEN.
HERR TAKASU IST NICHT MEHR HIER, ER GEHT MORGENS FRÜH ZUM GOLFEN.
HAST DU ...
... NAKAGAWA GETROFFEN?
NÖ, WAR NICHT BEI IHM.
HAB IHM EINEN JUNGEN TYPEN VORBEIGESCHICKT UND ER HAT SICH NICHT BESCHWERT, ALSO MUSSTE ICH NICHT SELBST HIN.

WARUM FRAGST DU?
WEIL MAN IHN AM GLEICHEN TAG BEWUSSTLOS AUF DER STRASSE GEFUNDEN HAT.
WAS?
SEINE MAGEN-SCHLEIMHAUT WAR IN EINEM KRITISCHEN ZUSTAND UND ER HATTE HAUFENWEISE HALBVERDAUTE INSEKTEN ERBROCHEN.
IM ERNST? IST JA GRUSELIG!
UND DU HAST IHN WIRKLICH NICHT GETROF-FEN?
SAG ICH DOCH! WENN DU MIR NICHT GLAUBST, KANNST DU JA DIE SICHERHEITSKAMERAS AUS NAKAGAWAS HOTEL ÜBER-PRÜFEN.
...
Uff!
DU HAST IHM ...
... NICHTS ANGETAN?

WAS MEINST DU?
WAS HAST DU GETAN ...

IMMER LÄCHELN UNC DIE BEINE BREIT MACHEN, AUCH WENN DIE TYPEN EKLIG SIND.
WEIL SIE ...
... EINES TAGES MAL NÜTZLICH SEIN KÖNNTEN.
DAS HAST DU MIR DOCH BEIGEBRACHT, PAPS.
WIE SOLLTE ICH DA IMSTANDE SEIN, SO ETWAS SCHRECKLICHES ZU TUN?
MOR-GEN!
ANWE-SENHEIT! AKAMATSU!
ANWE-SEND!
KATO!
Hier!

Hab ihm einen geblasen!
Hehe!
MEIN SCHWANZ FÜHLT SICH SO WAS VON ERFÜLLT!
UND HEUTE MORGEN ...
FRÜH-SCHICHT
KNUFF
MMH ...
DING DONG
DA HAT ER MICH NOCH MAL FEST UMARMT! SEIT WANN MACHT ER DAS? JEDENFALLS FREU ICH MICH RIESIG, SEIN SCHWANZ IN MEINEM MUND WAR DAS GEILSTE!
FLAPP FLAPP
FLAPP
DING DONG

SOHNEMANN, MEIN TURTELTÄUBCHEN! ICH HAB MORGEN KEINE FRÜHSCHICHT, DANN BRING ICH EUCH VORGEKOCHTES ESSEN VORBEI!
DEIN VATER IST AM SAMSTAG NICHT DA KOMM DOCH MIT SEVEN VORBEI, DANN GRILLEN WIR! ♡
WHOA!
WIE KOMMT SIE DRAUF, DASS ICH AM RUMTURTELN WÄRE?
AKAMATSU IST VOR GLÜCK LEICHT NEBEN DER SPUR.
AKA-MATSU!
OKAY, MUM, KANNST DU HABEN! DANN SCHICK ICH DAS FOTO VON NEULICH!
Zwei Turteltäubchen!
TURTEL-TÄUBCHEN? WAS GEHT AB?!
SAG NICHT, DU HAST 'NE FREUNDIN?!
UND ICH DACHTE SCHON, DU HAST NUR PECH, WENN'S UM FRAUEN GEHT!
DU HAST DIR EIN MÄDEL ZUGELEGT, ALTER!
NEIN, HAB ICH NICHT!

MANN, JETZT BIN ICH NEIDISCH! IHR KÖNNT'S SO OFT TREIBEN, WIE IHR WOLLT.
Dann war das mit dem Besuch von der Verwandtschaft gelogen!
JETZT CHECK ICH AUCH, WARUM DU MIR NICHT MEHR DEINE BUDE ZUR VERFÜGUNG STELLST.
ÄH ...
...
STIMMT! WIR KÖNNTEN WIRKLICH DIE GANZE ZEIT VÖGELN!
ICH HAB IHN IMMER FÜR 'NEN SEXBE-SESSENEN BLÖDMANN GEHALTEN, DER AN NICHTS ANDERES DENKT.
JETZT KANN ICH IHN VERSTEHEN. BIN SELBST ZU EINEM GEWORDEN.
ICH GLAUBE, ICH HAB DICH BISHER MISSVER-STANDEN.
SORRY DAFÜR.
No way!
Dann geh mal mit zum Karaoke!
KEIN PLAN, WAS BEI DIR LOS IST, ABER SCHEINT ZU LAUFEN! VÖGLE, SO OFT DU KANNST. FRAUEN ÄNDERN NÄMLICH SCHNELL IHRE MEINUNG.
KLAR.
DIE NÄCHSTEN ZWEI MONATE WIRD GEBLASEN BIS ZUM ABWINKEN!

298

EIGHT, DAS IST SEVEN. ER WOHNT AB HEUTE BEI UNS.
ER SPRICHT NOCH NICHT VIEL JAPANISCH, ALSO BRING DU ES IHM BEI.
DU BIST SCHON SEIT ZWEI JAHREN HIER, ALSO BIST DU DER ÄLTERE BRUDER.
SEI LIEB ZU SEVEN UND BETRACHTE IHN ALS DEINEN JÜNGEREN BRUDER.
ENJOY

Kapitel 10 – Ende

Kapitel 11
Akamatsu & Seven

75.000 YEN*, HM?
*500-600 EURO
WOMM
KLAPP
ANDERER-SEITS ...
DIE WOHNUNG AUF DER WEBSITE HAT NUR 65.000 YEN* GEKOSTET, INKLUSIVE NEBENKOSTEN. ABER DIE IST NICHT SO NAH BEI SEINEN ELTERN.

IN DER GEGEND HIER KENNT MAN MICH.
YAMADA UND B-SUKE LUNGERN HIER JA AUCH RUM.
AUSSER-DEM ...
Was machst du denn hier?
HEY, KATZEN-ONKEL!
OH, DA BIST DU JA.

ARBEITEST DU HEUTE?
JUPP.
ZUM LETZTEN MAL, MUSS MICH DANN AUF DIE PRÜFUNGEN VORBEREITEN.
KÖNNTEST DU BEI DEINEN ELTERN NICHT BESSER LERNEN?
NICHT WIRKLICH.
DA HÄNG ICH STÄNDIG IN SHUSUKES ZIMMER RUM.
FSSSH
DANN MACHT ER IMMER VOLL DAS ANGEFRESSENE GESICHT.
DER WILL AUF EINE RENOMMIERTE UNI UND IST IMMER SO ERNST.
Gib mir dein Taschentuch!
STELL ICH MIR BRUTAL VOR, DAS GESICHT.
SIEHT GENAUSO AUS WIE MEINS, WENN ICH WEN ANSTARRE.
DANN GEHÖRT ES VERPIXELT.
DU STEHST ALSO AUF MEIN PIXEL-GESICHT? SO OFT WIE DU ...
... MEINS MIT KÜSSEN ÜBERHÄUFST!

WAS GUCKST DU SO NEUGIERIG?
WARTEST DU AUF 'NEN KUSS?
JUPP.
BLP!
BLP!
PAH!
DU MACHST MICH VOLL VERLEGEN!
DU HAST MEINEN SCHWANZ GELUTSCHT, ABER DAS HIER MACHT DICH JETZT VERLEGEN?
DANN STELL DIR MEINE LIPPEN EINFACH ALS SCHWANZ VOR!
ALTER, WIE SOLL DAS DENN GEHEN?!

Sashimi? Ein Steak? Korean BBQ?
WAS WILLST DU DIR DENN LIEBER VOR-STELLEN?
ACH, SEI EINFACH STILL!
VRRR
REPTILIEN-SHOP
Fachhandel für Terraristik
BIS ZUM NÄCHSTEN MAL!
DANKE, DASS WIR UNS UMSEHEN DURFTEN!

DANKE FÜR DIE EINLADUNG HEUTE.
Man muss sich nur an die Fütterung gewöhnen, dann geht's.
IN ECHT UND IN FARBE SIND REPTILIEN SCHON KRASS.
Ja, aber das mit dem Füttern ist so eklig!
JA, ODER? SIE SIND ALLE VERSCHIEDEN. MAN WIRD ES NIE LEID, SIE ZU BEOBACHTEN.
DER GELBE WAR COOL! DER WAR MEGA-SCHNELL, OBWOHL ER VOLL DIE WAMPE HATTE!
MEINST DU DEN GELBKOPF-WARAN?
JA, GENAU!
ICH FINDE, EINE EULE WÜRDE BESSER ZU DIR PASSEN ALS EINE ECHSE.
WAS IST DAMIT?
WEGEN DEINER HAARE.
ACH, ECHT?
ICH HAB EINEN BINDENWARAN ZU HAUSE. MAGST DU DEN MAL SEHEN?
HAMACHI SCHAUT SPÄTER AUCH VORBEI. WÜRDE DOCH GUT PASSEN!
WIRKLICH?
JA, KLAR. WARUM NICHT!

AH! UNSER BRO IST ZURÜCK! LANG NICHT GESEHEN!
HEY KIDDOS, ALLES KLAR?
NEULICH WAR HIER EINER, DER NACH DIR GESUCHT HAT!
WANN? UND WAS FÜR EINER?
HM, VOR ZWEI ODER DREI WOCHEN.
HATTE 'NE SCHWARZE JACKE AN UND WAR EHER KLEIN.
ABER IMMER NOCH GRÖSSER ALS WIR.
UND WAS HABT IHR IHM GESAGT?
NICHTS! WIR WUSSTEN JA AUCH NICHT, WO DU STECKST.
Was sollten wir schon sagen?!
VERSTEHE.
BIN WIEDER DA!

TREIBT DER SICH SCHON WIEDER DRAUSSEN RUM?
AB NÄCHSTER WOCHE MUSS ER PAUKEN. ICH SOLLTE IHM NAHRUNG FÜR SEINE GRAUEN ZELLEN KOCHEN.
レジにて2割引
398
VRR VRR
VRR VRR
NERVT DER IMMER NOCH? ICH DACHTE, ICH HÄTTE IHN BLOCKIERT.
VERPASSTER ANRUF
MAMORU KANZAKI
10 WEITERE BENACHR
Vielleicht gibt das Teil Ruhe, wenn ich es in Gelee einlege?
IST JA SUPER NICE HIER, EIGHT!

DAS HIER IST DEINE ZWEITWOHNUNG? MACHT MAN MIT DEM VERKAUF VON TIEREN SO VIEL KNETE?
HA HA! DER HANDEL ALLEIN BRINGT KAUM WAS EIN. AUSSERDEM SIND WIR EIN GROSSES TEAM, DA BLEIBT NICHT VIEL ÜBRIG.
HIER, HAB DIR WAS ZU TRINKEN GEMACHT.
DANKE!
WIR SIND ABER AUCH IM IMPORT TÄTIG. DA KOMMT AM MEISTEN REIN.
WOW, ECHT EIN TRAUM! ICH HAUSE IN EINER MINIBUDE.
DU WOHNST NICHT ALLEIN, ODER?
JA, STIMMT.
BIN VOLL MÜDE ...
HAT DOCH AUCH WAS, NICHT ALLEIN ZU SEIN.
IHR SEID EIN PAAR, ODER? IST ER NETT?
WAS? ER IST NUR EIN FREUND.
HM?

ACH SO! OH MANN, TUT MIR LEID!
SORRY! HATTE DA WAS FALSCH VERSTANDEN!
WOLLTE HAMACHI ... NICHT AUCH KOMMEN?
DAS WIRD HEUTE NICHTS MEHR.
HM?
HAB ICH DIR SCHON MEINEN VOLLEN NAMEN GESAGT, AKAMATSU?
NÖ ...
UH, MIR IST SO KOMISCH ...
ICH HEISSE EIGHT KANZAKI.
DER GLEICHE NACHNAME ...
HMM ...
SEVEN KANZAKI.

WAS?
DER TYP, DER BEI DIR WOHNT.
SO MÜDE ...
SEVEN KANZAKI.
WAS WILL DER?
ICH HATTE AUCH SCHON SEX MIT IHM.
WAH?
...

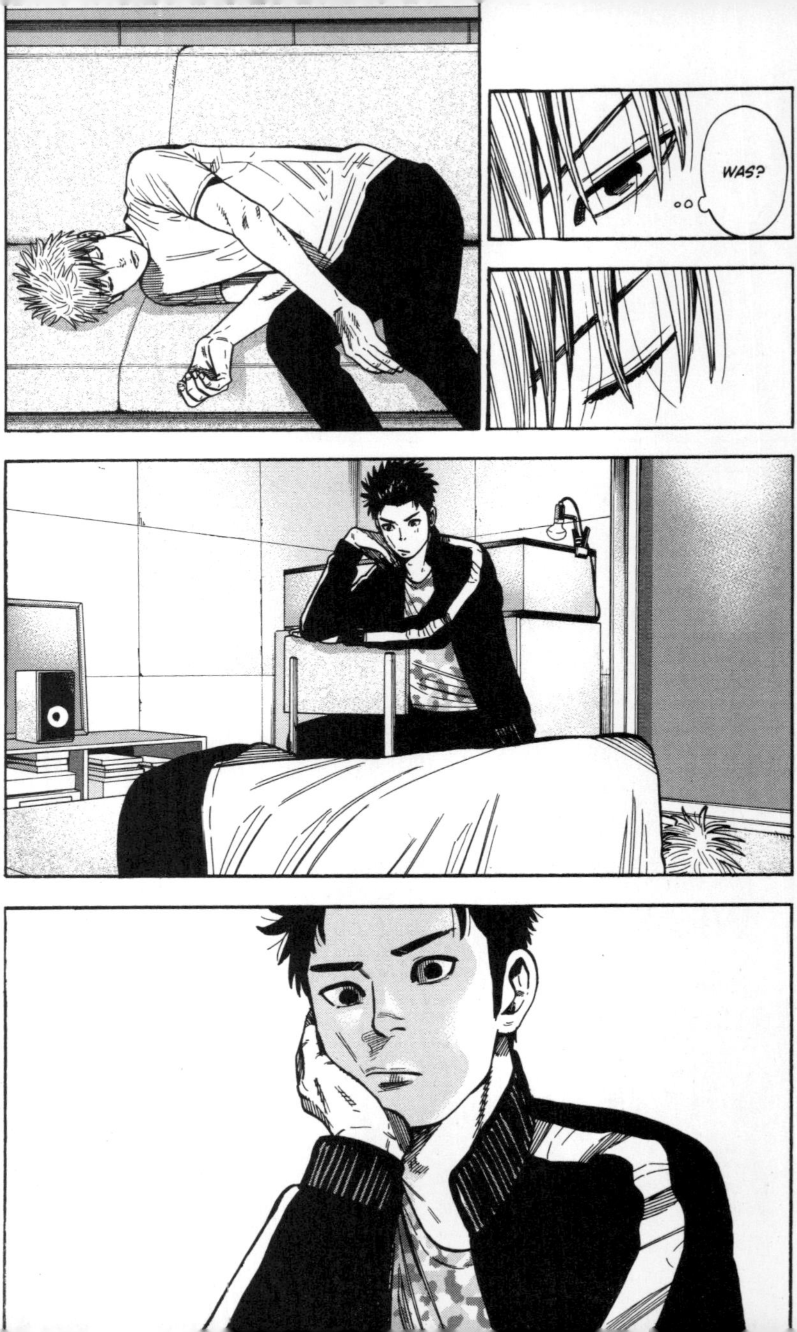
WAS?

WIRD LANGSAM ECHT SPÄT. UM DIE ZEIT IST ER SONST IMMER ZURÜCK.
UND WENN ER LÄNGER BEI SEINEN ELTERN BLEIBT, SAGT ER EIGENTLICH BESCHEID.
MIST, MUSS DIE WÄSCHE NOCH REIN-HOLEN.
21:44
24. Juni (Sa.)
FWPP
FWPP
FWOSSSH
NEIN!
MEIN RÖHREN-AAL!
AAH!
WRAFF!
HAPP

GRR GRR
GRR GRR
AUS, POCHI! AUS! NICHT DIE UNTER-HOSE!
VRRR
VRRR
WHAT'S UP LINE
8
VRRR
WENN DAS EBEN MAL KEIN SCHLECHTES OMEN WAR ...

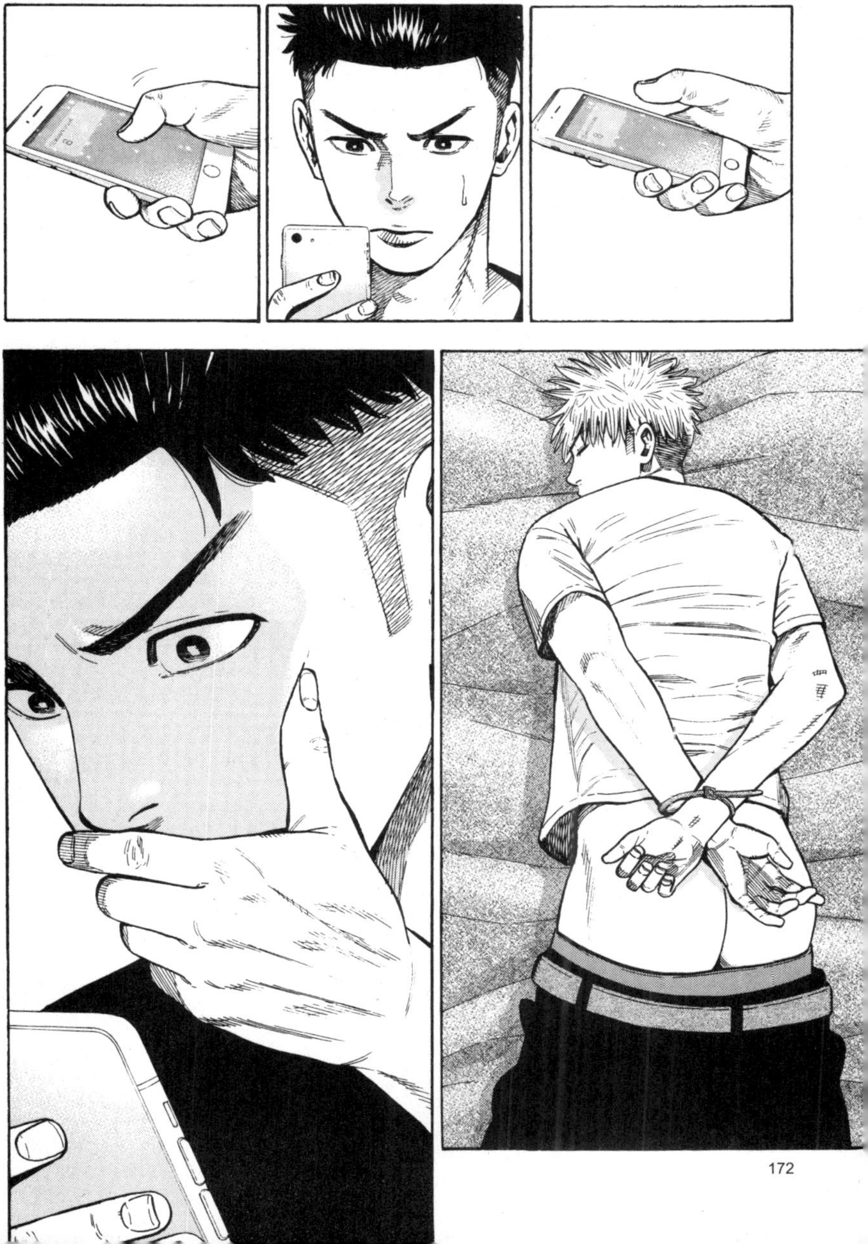

ENDLICH LIEST ER MEINE NACHRICHT.
ER HAT MICH JETZT ZWEI MONATE LANG IGNO-RIERT.
ABER BEI DEINEM FOTO HAT ER SOFORT REAGIERT.
ER MUSS DICH WIRKLICH LIEBEN, AKAMATSU.
GELIEBT ZU WERDEN, IST ALLES!
FWPP
HM?

IHR HABT'S JA NOCH GAR NICHT GETRIEBEN!
ICH MACH IHN KALT!

VRPP
AU ...
...
BIST DU WACH?
...?
DU WEISST, WAS EIN STRICHER IST, ODER? JEMAND, DER FÜR GELD SCHWÄNZE LUTSCHT, ANDERE FICKT ...
... UND SICH FÜR GELD AUCH FICKEN LÄSST.

?
WAS? WO BIN ICH?
RTT
RTT
EINE MÄNNLICHE NUTTE HALT.
DAZU HAT MAN SEVEN UND MICH GEZWUNGEN, ALS WIR NOCH KINDER WAREN.
WAS ... REDET DER DA?
VRPP VRPP
ZU SC WAS HIER!
GNH!
SO WAS HABEN SIE MIT UNS GEMACHT.
WAS ... SOLL DER SCHEISS?!
DAS WAR ERST DIE SPITZE VOM VIBRATOR, ENTSPANN DICH!
WAS ZUM?
AH, TUT DAS WEH!
SO MÜDE!

ICH WOLLTE DAS EIGENTLICH FILMEN, ABER HAB MIR GERADE ERST EIN NEUES HANDY ZUGELEGT. DAS PACKE ICH LIEBER NICHT DIREKT MIT BELASTENDEM MATERIAL VOLL.
ALSO BEHALTE ES EINFACH IN ERINNERUNG.
ES WIRD DICH VERFOLGEN.
BEI DER ARBEIT HAT ER IMMER ALLE SOFORT GERAMMELT. EGAL, OB ES ALTE MÄNNER ODER ALTE FRAUEN WAREN. ABER DICH ...
AGH ...
ICH WERDE VERGEWALTIGT!
PAMM
SCHEISSE!
NEIN!
NEIN!
NEIN!
NEIN!
OH ...
UPS ...
...

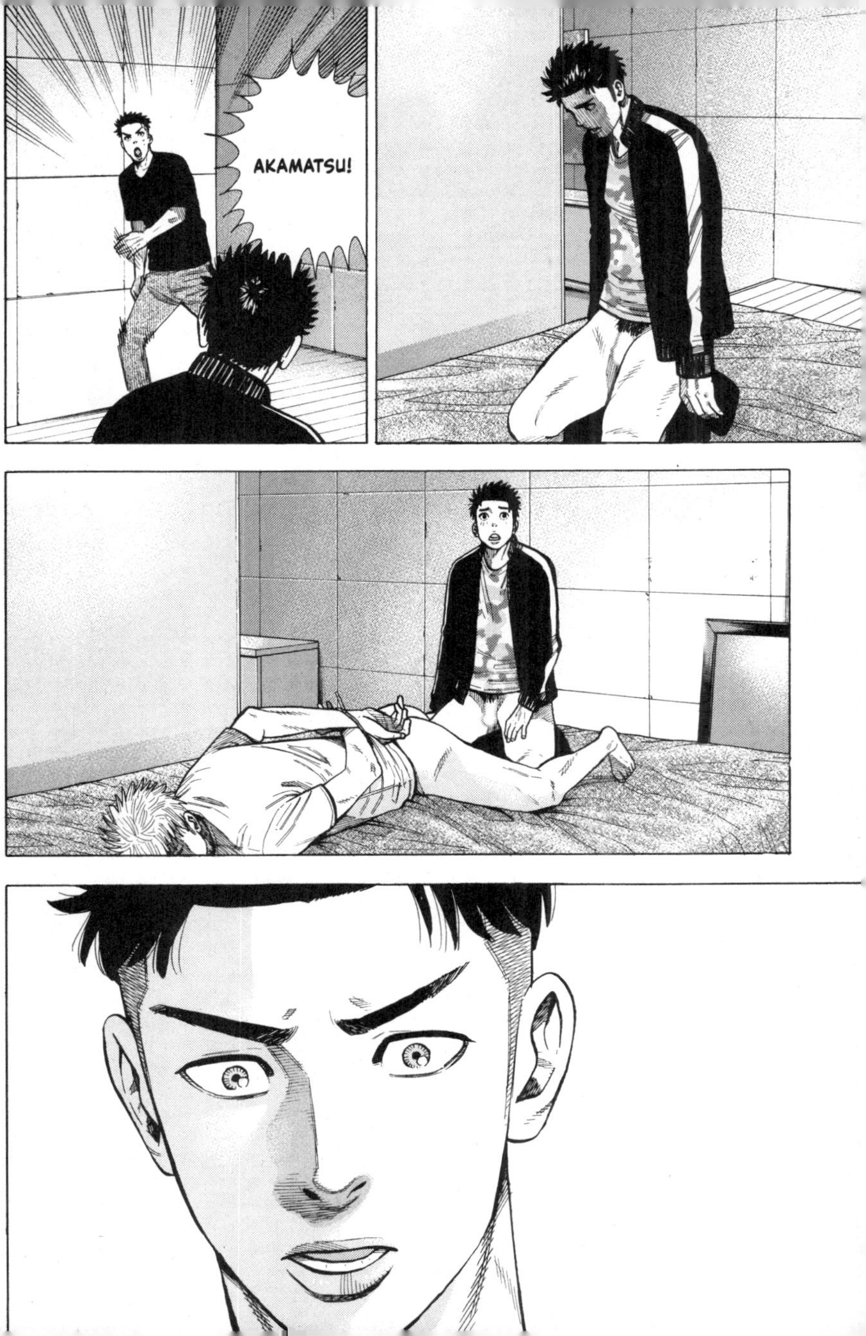
AKAMATSU!

KRTT
DMPP
WAMM

FRTT
KH...
HF...
ICH BRING SIE UM!
ICH VERGE-WALTIGE DEINE ISCHE ...
... UND BRING SIE UM!
ICH HAB NICHTS GET...
GNH!
GNH!
KCH!
UGH! UGH!

WAS HAST DU IHM GEGEBEN?
EIN NORMALES SCHLAF-MITTEL.
DU DRECKIGER HUND LAUERST MIR SCHON SEIT WOCHEN AUF!
DU SAHST GLÜCKLICH AUS, DA HAB ICH MICH NICHT GETRAUT, DICH ANZU-SPRECHEN.
UND IHN HAST DU AUCH VERFOLGT!
DEN DA? DEN HAB ICH NUR ZUFÄLLIG KENNEN-GELERNT.
HÄTTE NICHT GEDACHT, DASS DU'S MAL MIT 'NEM OBERSCHÜLER TREIBST!
HAB DICH IMMER MIT 'NER ÄLTEREN DAME UND DICH ALS ZUHÄLTER GESEHEN.
SEVEN?
LASS UNS IN RUHE!
GEHT LEIDER NICHT.

TAKANAMI IST BEI TAKASU AUSGESTIEGEN UND MACHT SEIN EIGENES DING.
ER WILL DICH DABEIHABEN.
GROSSHANDEL, WIE GEHABT, UND RAUSCHGIFT.
ICH BIN RAUS.
EGAL OB FÜR TAKASU ODER TAKANAMI, ICH WILL NICHTS MEHR DAMIT ZU TUN HABEN!
UND MIT DIR AUCH NICHT!
LASS MICH EINFACH IN RUHE, KAPIERT?! ZWEI MONATE SIND RUM, INZWISCHEN SOLLTET IHR AUCH OHNE MICH KLARKOMMEN.
LABER NICHT, ALTER! DU VERSCHWINDEST EINFACH UND DENKST, DAS WÜRDE TAKASU KEINE UMSTÄNDE BEREITEN?!
SAG ICH DOCH GAR NICHT! ABER WENN'S OHNE MICH NICHT MEHR LÄUFT, IST DER LADEN DOCH LÄNGST AM ARSCH!
...
IST DA NICHT MAL MEHR EIN FUNKEN DANKBARKEIT IN DIR?
OHNE TAKANAMIS HILFE WÄREN WIR DAMALS VIEL BESCHISSENER DRAN GEWESEN.

DOCH, ABER WENN ICH EWIG DARAN FESTHALTE, KANN ICH NIE AUF EIGENEN BEINEN STEHEN.
ICH BRING IHN JETZT NACH HAUSE.
AUF NIMMER-WIEDER-SEHEN!
WENN DU NICHT MIT-MACHST BEI TAKANAMI, ...
... MUSST DU AKAMATSU ...
... RUND UM DIE UHR BEWACHEN. TAG FÜR TAG.

ZWILLINGE, BEIDE OBERSCHÜLER ... DER ÄLTERE VON DER GROBEN SORTE UND SEIN HOCH-BEGABTER BRUDER WILL AUF EINE ELITEUNI ... WÜRDE SICH IM DOPPEL-PACK VERKAUFEN WIE GESCHNITTEN BROT!
DIE BEIDEN WÜRDEN EIN VERMÖGEN EINBRINGEN.
ICH WARNE DICH!
DU WEISST, WAS ICH FÜR VER-BINDUNGEN HABE.

VERSUCH'S RUHIG.
TU IHM ODER SEINER FAMILIE WAS AN, ...
... DANN ...
... TÖTE ICH ...
... DEINE GELIEBTE ...
... MOTA.
DANN HACK ICH IHR DIE ARME UND BEINE AB ...
... UND SCHICK SIE DIR MIT DER POST, ...
... BEVOR ICH DICH BEI LEBENDIGEM LEIB VER- BRENNE.

ICH MACHE KEINE WITZE. DU WEISST DAS AM BESTEN.
GEHT'S?
JEMAND, DER SO WAS AUSSPRICHT, PASST NICHT ZU IHM.
IHR LEBT IN UNTER-SCHIEDLICHEN WELTEN.
DU WIRST NIE SO EIN LEBEN FÜHREN WIE ER.

TUT MIR LEID.
WIESO?

ICH BIN DA.
SCHLAF JETZT.
BTAMM
...
TSCHILP TSCHILP

Hnnn!
Kapitel 11 – Ende

Akamatsu & Seven, wie Fische im Wasser

Bonus – Ende

AKAMATSU & SEVEN

DOUSEI YANKEE AKAMATSU SEVEN Volume 2

First published in Japan in 2020 by AKITA PUBLISHING CO., LTD., Tokyo.
German translation rights in Germany, Austria, German-speaking Switzerland and Luxembourg arranged with AKITA PUBLISHING CO., LTD. through Tuttle-Mori Agency, Inc., Tokyo

Deutschsprachige Ausgabe / German Edition

CH-1007 Lausanne

Verlegt unter dem Label KAZÉ MANGA
durch Crunchyroll SA

Aus dem Japanischen von G

Redaktion: Beatric

Herstellung: Son

Lettering: STUDIO

Druck und Bindung: GGP Media GmbH, Pößneck

ISBN: 978-2-88951-361-1